Under the Bridge
Stories from the Border

Bajo el puente
Relatos desde la frontera

by/por Rosario Sanmiguel

English Translation by/Traducción al inglés de
John Pluecker

Arte Público Press
Houston, Texas

Under the Bridge: Stories from the Border / Bajo el puente: Relatos desde la frontera is made possible in part from grants from the City of Houston through the Houston Arts Alliance and by the Exemplar Program, a program of Americans for the Arts in collaboration with the LarsonAllen Public Services Group, funded by the Ford Foundation.

Recovering the past, creating the future

Arte Público Press
University of Houston
452 Cullen Performance Hall
Houston, Texas 77204-2004

Cover design by Stephen Sonnen

Sanmiguel, Rosario
    Under the Bridge: Stories from the Border / by Rosario Sanmiguel; English translation by John Pluecker. Bajo el puente: Relatos desde la frontera / por Rosario Sanmiguel; traducción al inglés de John Pluecker.
    p. cm.
    ISBN 978-155885-514-4 (alk. paper)
    I. Pluecker, John, 1979- II. Title. III. Title: Bajo el puente.
    PQ7298.429.A56B3513 2008
    863'.64—dc22

                                 2007047390
                                         CIP

8 9 0 1 2 3 4 5 6 7   10 9 8 7 6 5 4 3 2 1

Under the Bridge: Stories from the Border

Bajo el puente: Relatos desde la frontera

In memory of G. Yolanda Cortazar
1957-1984

Silence is the deep, secret night of the world.
Clarice Lispector

Sucre Alley

The night does not advance. I open a book and try to fill the hours with other people's situations, kindly allowed to wander through the pages of others' lives. I fail. It seems the hours are stalled between these shadowy, sterile walls. I light a cigarette, then another; it takes me between five and ten minutes to finish each one. At my side, a woman spread out on a narrow sofa stops snoring a few seconds but immediately resumes her gravelly breathing.

I walk toward the glass door and spy on the empty street; only a cat crosses quickly, as if not wanting to disturb the peace. The sign on the café in front is off. Two men hurry to finish their drinks while the waiter nods off at the cash register. Without a doubt, he is waiting until they are finished to turn off the lights and enter dreamland, that region which faded away for me days ago.

I return to the sofa just as the woman invades my seat with her outstretched legs. I move toward a group of nurses who talk quietly and ask them for the time. Three-thirty. I pass though the half-light of the corridor to reach Room 106. I don't have to look for the little placard with the number; I know exactly how many paces separate Lucía's room from the waiting room. She isn't asleep either. As soon as she notices my outline under the doorway, she murmurs that she's hot. She asks me for something to drink. I moisten my handkerchief with water from the tap and just barely wet her lips. "Give me water, please." I don't hear her plea. I know that her eyes are following me in the darkness of the room. I know that she will remain attentive to the brushing of my steps across the polished tiles. I leave the room so as not to glimpse her green eyes, so as not to see her converted into a battleground where sickness steadily advances. I pass to one side of the sofa where the woman is still sleeping to turn off the little lamp that illuminates her feet.

Once on the street, I hesitate before deciding my course. A few blocks away, the city's luxurious hotels are celebrating the weekend's nocturnal festivities. I head indecisively toward Avenida Lincoln. Sweet-smelling women stroll along the streets, making it impossible for me to forget the scent of the sterile sheets that envelop Lucía's beloved body.

The shadows dissolve under the marquee lights. Night does not exist in this place.

On the riverbank, I hail a taxi to take me downtown. The driver wants to talk but I don't respond to his comments. I'm not interested in his stories—the preppy kid who refused to pay or the tips that the tourists give in dollars. I don't want to hear about murders or women. We go down Avenida Juárez—filled with commotion, cigarette sellers on the corners, automobiles outside the clubs, denizens of the night. On both sides of the street the glaring signs compete for the attention of the people wandering around, searching for a place to kill time. I get out at Sucre Alley, in front of the door to the Monalisa.

A woman with Chinese eyes dances on the catwalk that divides the hall into two sections. A group of teenagers scandalously celebrates her gyrations. The rest of the diehards wrap their lips around their bottles and down the last of their beer. I rest my elbows on the bar and closely watch the woman with Oriental features. A beautiful skein of dark hair reaches to her waist, but a repugnant, huge, black mole blots one of her thighs. As the woman dances, I remember Lucía up on that platform. I see her dancing. I see her slender feet, her svelte ankles; the enormous suture that now cuts across her stomach also comes to mind. I remember the catheters, tubes, and probes that invade her body.

The dirty curtains at the back of the bar open: Rosaura emerges to supervise the establishment. Years before, we saw each other for the last time, when Lucía and I deserted, when we abandoned Rosaura and her world. She comes forward proffering exclamations of joy that leave me indifferent. I exchange a few words with her, unmoved, and discover deep wrinkles in her skin that are accentuated mercilessly each time she breaks out in a roar of laughter. Someone calls out to her from the table furthest away, and she obligingly attends to them. I attempt to keep her in my sight despite the low light and the smoke that suffocates the air. With a napkin, I clean the clouded panes of my glasses, and then I too head over to the table. As I move closer, my certainty grows: in her face, I see my own. When I come up next to her, I have a sarcastic expression on my face.

We're almost in our fifties, I tell her. Before responding, the bar mistress erupts in another howl of laughter. "And how are things going with the beautiful Lucía? Let her know I'm still saving a place for her." The old woman gets up from the table, chuckling. Her words fall upon me like bags of sand crashing down on my shoulders. I feel the sweat adhere my clothes to my skin and I go out into the street, where the heat lessens a little. While I decide what to do, I look at the façades of the bars clustered on this, the most dismal street of the city. I have the sensation that I've fallen into a trap. I didn't come looking for anything, but despite that, I find the obscured image of an over-the-hill, second-rate cabaret host.

To distract myself, I light a cigarette that only manages to turn my breath sour.

On my way back, each step I take makes the silence more profound. The houses are darkening. Behind the windows, I imagine bodies captive in sleep. Cats prowl on the rooftops. The trees are united in one long shadow, epidermis of the night.

In her bed, Lucía is still awake. I leave the room and in the waiting area find the sofa empty. So I lie down and wait for another night to pass.

Ciudad Juárez, 1983

Rosario Sanmiguel

A Very Long Silence

to Huberto Batis

In the never-ending succession of doors, one opens into Las Dunas. The smells of rooms and toilets, urinals and dancers meld together, wafting through the corners. Behind the bar, a mahogany paneled wall lends an unexpected beauty to the place. There are two pool tables, an expansive dance floor, and several metal tables. A wall painted with a desert landscape separates the rooms of the hall. Nothing dramatic has happened in half a century. No one has murdered anyone or comitted an infamous robbery. Not even a fire. In this place the hours march on with a harsh uniformity.

1. The Arrival of Francis

Francis arrived enveloped in a long white overcoat and a white scarf. Her hair was tied at the nape of her neck. Her face strove to reflect a serenity that this difficult hour of the night did not allow her. She walked inside without conviction, as if she were wandering lost. Beneath the shadow of her brown eyebrows was an alert and deceptive expression. The pain emerged through her lips. Perhaps, under her snowy coat, her black dress revealed the soft swell of her breasts.

She had abandoned Alberto. Already she had spent a good portion of her life leaving him and finding him again; in situations that reached the limits of her tolerance after a passionate discussion and a transitory farewell. For him, it was easy to find her when he felt that the moment of reconciliation had arrived; it was enough to go to her apartment, look for her with her girlfriends, or wait for her to leave the office. This time would not be the same. Now Francis was determined not to go back and to end their ten-year relationship. The reasons she had heard from Alberto over the years no longer mattered, because the bond that had kept her connected to him had gradually worn away, without his noticing it, occupied as he was in reconciling two situations—wife and lover—that were in fact irreconcilable.

Tonight she turned thirty. She had gone out to eat with Alberto, and he had given her a ring with three large inlaid emeralds. Later he had taken her to the house of a friend that Francis said she needed to see. A lie. Francis did not live anymore in the place that Alberto knew; she had moved several days before so that he would not be able to find her. She had also left the real estate agency, an executive position earned through creativity and hard work, but she was willing to renounce everything if it meant finally ridding her body and her memory of Alberto. When she saw the car disappear at the end of the street, she searched for a taxi to take her anywhere. Disconcerted by the request, the driver roamed around the city for close to an hour, until she was able to provide a precise address: Las Dunas, a name that she inexplicably remembered in the middle of the storm that raged inside her.

Francis moved through the thick air, weighed down with smoke and oblique glances. Two regulars approached her immediately, insisting that she accompany them to their table. One cutting remark sufficed for them to leave her alone. From their spot behind the bar, China and Morra watched her, a little out of curiosity and a little out of concern. They were the oldest women, each more than fifty years old, who had been employed at Las Dunas longer than anyone else. They had always been friends, ever since they worked at the Coco-Drilo three decades ago, when Old Varela had the bar in the Valley part of town, before the factories came and took over the grove of trees by the riverbank. Still, some hot afternoons in August, China and Morra remembered the Sunday afternoon parties when the soldiers from Fort Bliss would come for them. It was the end of the fifties. How different everything was, China and Morra would tell each other: we were never afraid. They were right. To reach the Coco-Drilo, if the soldiers crossed over the Santa Fe Bridge, they had to leave the city and cross the cotton fields. Before arriving, they could hear the chords of music carried by the wind, live music all the time.

A rush of cold air interrupted their conversation each time someone entered. Then China had to dry the puddle of water that the trail of snow and the flow of customers formed in the entryway. When someone opened the door, Francis felt the icy draft as well and pulled tight her white wool coat.

"This winter's killing me! Get me a San Marcos, Morra, and whatever the lady there is drinking," shouted a man as he shook the snow from his shoes next to her.

Francis accepted the drink, but remained submerged in the miasma of her emotions without noticing the time pass. Holed up in her shell like a mussel, she allowed her first night without Alberto to die. Meanwhile the late night regulars arrived to warm their bones and their spirit. Outside the snowy streets shimmered with a brilliant whiteness.

Rosario Sanmiguel

2. The Drunk's Night

Lost in thought, at the end of the bar, Francis escaped from the world. His absence pained her. All that time with Alberto would not be easy to forget even though he did not love her as she desired. It wasn't about getting married, having kids, and paying the mortgage on a house; rather it was living together, trying to be happy, whatever that might mean. But Alberto was a coward and she had always known it. Though it had taken her many years to gather up the strength necessary to separate from him, now, she thought, she would simply let the days go by and, with time, the bitterness of failing. She knew she was responsible for the final outcome, because, after all, Alberto never promised her anything.

The same man who days before had bought her a drink arrived and settled down next to her, uttered a few remarks as a simple formality, took a breath, and began to talk. The man was about sixty years old, with a bald spot that he knew how to conceal by forcing the few strands left into something resembling a nest. He wore an old, wrinkled raincoat over a thick knitted vest. His reddened eyes, the slant of his eyebrows, and his sagging cheeks gave his face the look of a sad dog.

Morra moved closer to listen to his slurring voice. He was drunk, without a doubt. The man didn't notice the woman's presence, so absorbed was he in his own words. Francis, on the other hand, watched Morra for a few seconds and then followed attentively what the man was saying:

". . . Ma'am, I'm sure you love a man . . . sure you sit on a park bench waiting for him, right? . . . clearly, I see in your eyes that you're in love . . . I envy you, Ma'am, you don't know how much I envy you . . . I'd like to be in your place, feel what you feel . . . tell me . . . what does it feel like to love a man? . . . to give yourself completely to him . . . tell me about your feelings, please . . . I'm a man and I've felt love too . . . I envy your ability to give yourself to a man . . . do you understand? . . . it's a power that doesn't lessen . . . on the contrary . . . it grows like I haven't seen in myself . . . tell me what it's like to live that passion . . . the night isn't like the day . . . otherwise you wouldn't be here . . . I prefer the night too . . . I know it deep down . . . it's like a long dream for me . . . and for you, what is it? . . . tell me, please . . . tell me . . . since you love a man, how does that passion feel . . . "

The man alternated his phrases with sips from his glass. Francis did not respond despite his direct questioning. She listened to him in silence until he fell face down on the bar. The man's words bothered Morra, his presence too, and since at any moment he was going to sit up and continue his rambling, she told one of the girls to take him far away. Nely put her arm around his shoulders and whispered something in his ear. The drunk raised his head, looked at her for an instant, and allowed himself be taken away.

Rosario Sanmiguel

3. The Robbery

The sound of screams reached all the way to the huge dance floor. China left her knitting and her needles on the little table in the hallway that led to the rooms, stood up, and went directly to Nely's door. Morra showed up as the three were coming into the main room. The man was pulling Nely by her hair; behind him, China ordered him to let her go. Once he was in front of Morra, the man attacked, shaking the girl by one arm. "This shameless bitch stole fifty pesos from me!"

"Let me go, asshole! You don't even know how much money you have!" Nely shot back as she tried to get free. Then she started to scream, saying that she hadn't stolen anything, that maybe the old man needed money, but she was innocent. She rubbed her eyes as if she was drying off her tears. Her anger was hard and dry, like the bark of an ancient tree. She was wearing a small, faded corduroy skirt and a skintight, sleeveless blouse. Her adolescent arms were rounded, smooth and dark. If she had stolen the money— Morra doubted it—she didn't have it on her.

"Stop rubbing your eyes, you cross-eyed bitch, and gimme my money!"

Nely couldn't stomach any insult that alluded to her face's most obvious defect. She threw herself on top of the man, who could only unhook her nails with China and Morra's help. His cheeks were left all red, and his skin, burst open. He had to clean the blood off himself with the sleeve of his shirt. "That's enough," ordered Morra. "Get her out of here!" China dragged her away. Nely kept on cursing at her accuser; he responded with even more offensive insults. The man threatened Morra, saying he would call the police. It was not the first time that someone accused theft, but even so Morra decided not to complicate the matter and to just pay the money. In these situations, the girls gotta pay, ordered Young Varela. They'd take fifty pesos from Nely's paycheck.

The man asked for a beer, and Morra served it to him graciously. As he drank calmly, Nely looked for the money. Her face had that look of concentration that made her eyes cross. She moved around the room on all fours, putting the pieces of toilet paper scattered around the floor off to one side. On one side of the knitting table, China warmed her hands with the warmth that the gas heater emitted. From there, with a calm voice, she pressured the girl to find the bill.

"Why are you acting so stupid? You took that cash from the old man."

When the man left, Francis, who had observed the whole incident from her seat, asked Morra if she had found the money. Morra shook her head and added: "I hope he doesn't come back."

"You know he will."

"Why are you so sure?" asked Morra, surprised not only because it was the first time she heard her speak but also because of the statement.

"Look how he treated the girl, look how you treated him; besides you gave him fifty pesos."

"Nely robbed him," Morra pointed out annoyed.

"You know it might not be true."

"I think she took it," said Morra without conviction. "You don't think so? I know these girls and you don't."

"Look, even if it did happen like that, what's fifty pesos anyway?"

Morra smiled. She lifted up a corner of her mouth and explained: "For you it's nothing, but for someone as poor as Nely, it's a lot."

"Fifty pesos doesn't make up for that kind of humiliation."

"I don't understand you, ma'am, but I don't think you understand either." Morra was incensed.

"I want to say something very simple, Morra. You women are the only ones being robbed here."

Morra heard her name and Francis' explanation. The words crackled like a dried flower forgotten in a book. Morra tilted her head with a motion that made it clear she was paying attention. She felt that way too, even though she'd never verbalized it. She'd thought it since she was young, when she waited tables and danced at the Coco-Drilo. Old Varela would tell her not to believe in any man who invited her to take a walk with him or who proposed something to her. *You have me right here, close by*, he would say, and then he would break out laughing.

Morra nostalgically recalled the blonde "little tin soldier" who would come to look for her in the Coco-Drilo. Old Varela gave him that nickname; he was jealous of that foreigner's intentions. It was not unusual for foreigners to fall in love with the women who worked in the bars and take them away to their countries. Morra had her own sweetheart too. Uve Lambertz visited her for one long year, with a scared little boy's big blue eyes and the tiny mouth of a spoiled baby. Varela watched the romance develop without saying a word, but Morra could see in his face the disgust that the man's visits caused him. Despite the prediction of failure that he made when she told him she was going to leave with Uve, she still took the necessary steps to leave the city and start a new life on the other side of the world. *You won't go with him*, Varela repeated every day as he faced Morra's resolve, *He'll make a fool of you, I'm sure of it*.

On the appointed afternoon, Morra didn't appear for her date. While Uve waited for her in Mere's, a few blocks from the Santa Fe, drinking Cokes and smoking Camels, Old Varela argued heatedly with Morra. He wasn't about to allow her to leave him like this, after all the years that he'd provided her with "protection." The time came and Morra was still locked in with Old Varela, trying to make him see not only her appreciation but also how much she wanted to take that trip with Uve. She walked toward the door, and the man blocked her path, hugged her, and promised her different things. They calmed down awhile, and again Morra tried to leave. Finally, a hard slap in the face left her unconscious for a few minutes. When she woke up she understood that Varela would not let her leave. Resigned to her fate, she splashed water on her face so that he wouldn't see her tears. The man took her tenderly by the hand, laid her down in bed, kissed her on the lips, and waited for sleep to overtake her. Old Varela watched Morra sleep while Uve Lambertz watched his last Sunday on this side of the world die.

Francis walked to the door, wrapping herself up in her long coat. Fenicio, who didn't miss a single one of her movements, followed her and, after hesitating a few seconds, politely opened the door. He would have liked to tell her she was very beautiful or something like that, but the woman intimidated him, so he resigned himself to watching her in silence. As soon as she left, Fenicio's teeth chattered, and he shook like a dog.

　　　　　Rosario Sanmiguel

4. The Challenge

Francis's presence bothered Katia, despite her not moving from her seat and hardly speaking with China or Morra. The worst for Katia was the frequency of her visits.

"It's another woman who comes to kill time or to forget God-only-knows what," Morra explained to her when she began to suspect her animosity. "Don't worry about it. She doesn't come here to compete with you."

"What that girl has is pure envy," China intervened. "I don't know if it's because the lady looks nice or because of the man that comes to talk with her."

"Envy, me? It's not like she's that good looking, and besides, she's already old."

Francis had an attitude that Katia found impossible to explain; she perceived something in Francis that confused her, perhaps her indifference to men and women or her total apathy as she watched the night go by. It was as if nothing upset her, not the jukebox's excessive loudness nor the happiness of the drunks with their resounding, sad voices, nor the small shrieks of the women. China was the one who talked the most with Francis. On occasion they would laugh at things that no one knew about, not even Morra. China would transform her almond-shaped eyes into two lines. Her cheeks would puff up, round and dazzling, full of joy. When Francis laughed, her facial features would change, pain would sketch itself on her face at the very moment when her laughter seemed to be crying. Tears were the price of laughter.

The months of intense cold had passed, and with them the worst days, the first ones, the most desolate ones, Francis' initial days without Alberto. Maybe he had not even searched for her. Perhaps, Francis thought, when he found her old apartment empty and couldn't find her at the real estate agency, his ego was wounded and he decided to let the provocation continue a little longer. Alberto responded in that same way when Francis spoke to him about a complete separation. He interpreted it as a power game, a challenge to his rules. He would have to accept his defeat soon enough.

That night Katia was stunning as usual—a fitted, short red dress, black pantyhose for her shapely legs, and incredibly high red heels—tempting like the meat of a juicy fruit, her young heart, deep and vulnerable, the passionate core. After crossing from one side to the other, she paused to think things through more. She sat on one side of the jukebox and put in lots of coins to listen to love songs. Later, she argued with Nely because she wanted to dance to more upbeat music. Morra didn't intervene so as not to get into an argument with Katia. Besides, Nely's companion would be happier if he danced while hugging her tight and not to the rhythm of a *cumbia*.

Katia had worked a few months in Las Dunas; she came from a place where Young Varela had seen her dancing, and, he'd been captivated. Seduced by the girl, he set out to ask her to work for him. She accepted after Varela promised to double her income. It wasn't very long ago that Katia had spent long periods in the youth correctional facility. She used to wander the streets until dawn, getting mixed up in gang fights or stealing beer and cigarettes from the stores that stayed open late. A roommate of Katia's from the detention center took her to the cantina, a beer place in what they call the Barrio de la pezuña, the area around the slaughterhouse. She had to leave after only fifteen days because she picked too many fights. This led to a succession of sporadic jobs, getting fired and getting in trouble, until the night that Young Varela discovered her. Now Katia was a twenty-year-old woman, determined to get the greatest possible benefit from her attractive physique. Since Varela spoiled her, she was strong-willed, and that night she felt like fighting, so

Rosario Sanmiguel

when Francis went into the bathroom, she took advantage of the opportunity to mess with her. She punched open the door, just as Francis was facing the mirror. Not until that moment had Francis understood Katia's attitude; their eyes locked in battle. Katia had an angry scowl drawn on her red lips. In that moment, Nely moved closer and observed what was happening; later she told Morra that the two women had stared at each other without saying a word. It was difficult to imagine that of Katia, because her mouth was wild and aggressive. Nely also reported that Francis stood her ground, very steadily, with her legs spread-eagled and her hands grasping the faucet handles tightly, and then Katia had run out, slamming the door behind her.

5. The Window

From the window of her room Francis looked out at the traffic in the street. The glassy icicles hung down from the eaves. Huge drops slid off and hit the ground, producing a monotonous sound. She watched the people passing by, the little ones who went out to play with what was left of the snow. The smoke in the air, the steam from the pedestrians, the papers stirred up by the wind. Francis had paused her life for a moment; she realized she had fallen into a situation that was extreme and perhaps false.

Her mother had educated her with Catholic religious principles. She did not imagine that her daughter could desire a life different from the one that she had imposed upon her: convent school, strict morals, and restrictive curfews for leaving and returning to the house. Francis wanted to see the world, to feel free, and so as soon as she felt strong enough to leave her childhood home, she did so. Things weren't so easy, working to pay for a room in a boarding-house without leaving college demanded greater effort than she was accustomed. Despite that, soon she had found the rhythm she wanted: accounting classes in the morning, work in the afternoon, and the rest of the little time that was left, she was free to do whatever she wanted.

She had visited Las Dunas for the first time with a group of friends who, like her, wanted to swallow the whole world in one great bite. After a New Year's party, they decided to head to the red-light district; they simply wanted to move from their middle-class environment into one a little more rough. For those young people with their chic little cafes, the atmosphere was attractive; nevertheless, when they left at eight in the morning, no one ever tried to go back. During her college years, she considered herself liberal: she participated in university politics, in marches in support of an endless array of causes, attended big parties with weed, and experienced everything that was lived in the seventies as a consequence of the previous decade. Until Alberto turned up.

Rosario Sanmiguel

Behind the window, Francis saw the last fragments of the afternoon, the movements of the children calmed by a freezing wind that moved in circles around them, the shadows of objects blurred in the half-light . . . the dark look of the man going into the Social Sciences classroom by accident: Alberto arrived more than fifteen minutes late. He liked the girl at the desk next to him, and he decided to wait around after class to invite her out for coffee. Francis accepted the invitation. Minutes later, in the department cafeteria, she found out that Alberto was doing a Master's in Finance, was thirty-five-years old and had been married seven years . . .

Alberto was a different kind of man than she was used to dealing with, older than her—which from the very beginning was appealing—but also a cynic, disenchanted by love, marriage, work, and all the things that disappoint those who have practically everything. Exactly the type of man she needed, one who, because he was married, would never propose to her and who, like her, disdained a life of order and prosperity. Alberto fell in love first and started to follow her everywhere. Francis, on the other hand, pursued the relationship with more calm, but after a year she discovered she was so in love that every afternoon she said goodbye to him she was left upset, as if the sap of her heart had stagnated or at least had gone sour a bit.

As the years went by, she understood that Alberto's impudence was anchored by acts of cowardice disguised as cynicism. Just as he was incapable of daring to leave the job that he said he didn't like, he was similarly incapable of abandoning his marriage and living as a couple with her. And what could she demand? Nothing. Like him, she was constantly disappointed by her own world, but she felt she still had the time to repair her error. She needed to calm the waters of her existance. Meanwhile she had found in that boarding-house room a good place to fortify herself and regain her spirit.

6. A Woman With No Master

China knit all night, only pausing in her work for a few minutes, exchanging her needles for toilet paper, and cleaning up after the couples that used the rooms. After complying with her duties, she would return to her spot at the little table where, besides the knitting and the roll of toilet paper, she had a box of American cigarettes and a lit candle before the image of San Martín Caballero. Young Varela allowed her to sell cigarettes to make some extra money. Before she became a widow, she had spent her time doing the same at the Coco-Drilo. She and her husband, who everyone called Chino, had found work there when they had first arrived from Casas Grandes. Chino's father—one of the few who had survived the firing squads that Villa ordered for all the Chinese—was the owner of a laundromat where he met Eulalia whom he fell in love with and married. After marrying, they worked for Chino's father close to seven months, until one cloudy September morning they woke up lazy and, without leaving the bed, they allowed a crazy idea to seize ahold of their thoughts. While Chino's brothers yelled at them to get up and get moving, they fooled around, thrilled by their uncertain futures. They packed up the few things they owned and took a bus to Chihuahua and from there to Ciudad Juárez.

They visited the Coco-Drilo as customers two or three times before arriving at an agreement with Old Varela. Chino would attend to the hall, and China would be in charge of the rooms. It was 1965. A year later they closed and moved the business to Sucre Alley, where Old Varela would die and a little while later, Chino passed away relatively young. He was around forty years old when he was killed by a stray bullet on New Year's Eve, 1974. China, widowed and without children, was used to the routine of the past decade and thought the best place for her was Young Varela's business.

Rosario Sanmiguel

From her spot, China didn't miss any detail of the goings on in the hall. Fenicio moved from one spot to another impatiently, taking out drinks, picking up tips, and every now and then coming up close to talk with China. The woman's knowing look and the movement of her hands endowed her words with an air of natural wisdom.

At midnight the man who said he'd been robbed came in looking for Nely. By that time, Fenicio felt completely impatient.

"Why are you so anxious, Fenicio?" China asked him.

"No reason. I'm just a little nervous is all."

At that moment, China let go of her needles, ripped off a good-sized piece of paper, and followed Nely and her companion. When she came back, she straightened out her white work coat over her plump body, and asked again, "Are you waiting for something?"

"Nothing. Why?"

"You seem restless, uneasy. You're moving around all over the place. I thought something was up with you," China answered sarcastically.

"I already told you there's nothing."

"Why don't you tell me the truth? After all, I already know. You're restless, because that woman hasn't come. You're falling in love with her."

"It's already past midnight," commented Fenicio crestfallen.

China nodded her head. It seemed she never passed a comb through her copper-colored hair after she removed her curlers. Then she said sententiously, "That's a woman with no master, even though she might have a man. Poor you, Fenicio."

"Don't come to me with your stories," responded Fenicio impetuously. "If she had a man, he'd be her master and she wouldn't run around here on her own."

"You don't understand much about women, Fenicio. Let's see, tell me, why not?"

"Because it wouldn't be right," said the young man, very sure of himself.

"And according to you, what is right?" China continued questioning him maliciously.

"I don't know. How do you know about the man? Did she tell you something?"

"I know it because I know it."

"Very mysterious. Did she tell you something?"

"You'll figure it out soon."

"Figure what out, China?" Fenicio implored.

China contemplated him a few seconds with the compassion that one feels for a child who is growing up well; then she said goodbye and mechanically took up the rhythm of the needles again. She spent the rest of the night thinking about Chino and remembering the trees with their wide crowns growing on the edge of the river.

7. The Dream

That afternoon Francis thought about visiting her mother, perhaps she would even spend a couple of days with her, but nothing more. After the first few days, they would begin to take out their knives. Her mother would scold her for having abandoned her. Her mother never could understand why Francis sought her independence if, as the mother argued, she had everything with them. Her mother singled out Alberto as the cause of her leaving, despite the fact that he had arrived in her life years afterward. The mother knew it, but mentioning it was another way of protesting her daughter having left the house single and not as a bride, as she had always desired. For her part Francis did not forgive her mother for having hidden the deterioration of her father's health. She only found out when his condition was irreversible. Francis refused to comprehend that his death had also been a surprise for her mother. The old man suffered from a chronic illness, nothing alarming in reality; nevertheless, one morning he woke up dead. Francis always thought that her mother had hidden the gravity of the situation from her in order to punish her. Mother and daughter loved each other, but those disagreements led to a difficult relationship.

She picked up the telephone to let her know about her visit. There was no answer. She waited. She fell down on the bed and lit up a cigarette, smoked it, and dialed again. No one answered. Despite having kept her mother at some distance in regard to her relationship with Alberto, now she wanted to talk with her openly about him, about her father, about the strained and rough relationship between her and her mother: everything that was the cause of their pain and distance.

From her bed she noticed a patch of blue sky, washed out and almost white, framed by the window. It was a screen to rest her vision until she fell asleep. The dream presented her with a girl playing on the patio at an hour when the sun flooded the space with light. She was balancing on the narrow top of brick walls that enclosed a long, deep, empty raised garden. First slowly, then with great caution, but as she gained confidence, she sped up her steps. The girl's foot was the same width as the wall. She felt no fear, running along the edge until she slipped and fell hard onto her crotch. The girl was left with her legs hanging. She felt an intense ache in her sex, a burning from the scrapes on the inside of her legs. Then the dampness. She got down off the low wall and inspected her ruffled underwear: frightened, she discovered a blood stain.

The cold woke Francis several hours later. It had been some time since she had had that dream, but now was not the moment to think of it, nor did she have the desire to. She got under the down comforter and lit another cigarette. The embers glowed in the half-light of the bedroom. The street noises arrived almost muted, as if they had traveled from far away. The darkness of the room and the sensation of distance from the world kept her immobile on the bed, serene, with her eyes closed.

Before the last light of the day dissipated, she went out to get to know the streets of the neighborhood to which she had moved. She wanted to feel the slicing blades of the cold on her skin.

8. The Fight

The snow ceased. The streets took on their normal appearance with potholes and puddles of pestilent water. The pale sun of the first days of March was regaining its strength, warming up the days. Nevertheless the hard winter had meant nothing to the denizens of the night. For them life went on in whatever dive, indifferent to their own deterioration and to the passage of time. For the women who wiled away their hours there, the world stole something from them each night, in the coming and goings of lustful bodies and song.

The monologue man returned one of those nights, looked for Francis, and began his speech again. Suddenly, he stopped, grabbed her by the arm and tried to take her out. She escaped and switched seats, but the man, drunk, followed her and pulled her more roughly.

"Let me go!" ordered Francis.

"Ma'am . . . please . . . come with me."

"Leave me alone, please."

Fenicio was observing all of Francis' movements and moved closer.

"Get lost! Can't you see the lady doesn't wanna go?"

"This . . . is not . . . your business," the drunk replied.

Francis could foresee the outcome and left the place. After seeing her leave, Fenicio walked over to the other man and punched him. Despite his state, the old man was able to remain standing, just barely balancing. Before he could return the blow, Fenicio punched him again in the jaw and knocked him down loudly. Because the old man was trying to hold onto the bar, he pulled cups and bottles down onto the ground with him. Fenicio tried to lift him up by the lapels of his raincoat, but the man resisted his tug. The two of them wrestled clumsily on the ground for several minutes until

Fenicio was able to stand up. He forcefully threw the man against the swinging doors. The drunk fell face first into a puddle.

Katia was observing, enraged. Who did that woman think she was? Later, when Young Varela arrived, Katia brought him up to date on what happened. Fights annoyed Varela, he didn't want problems, but, at the same time, it was Fenicio's job to kick out the undesirables. Besides, the women who came into Las Dunas knew what to expect. Young Varela yielded to Katia's whim and gave Morra the order.

Rosario Sanmiguel

9. The Winter Will Be Over Soon

Francis sat down at the desk. China was in a worn-out arm-chair in front of her. The little office was cold and dirty. The dark gray rug must have had color at one time. Above China's head hung a desert landscape, painted on velvet in yellow and orange tones.

"Morra says that we can't serve you anymore," China said dryly.

"Why?" she asked surprised. "Because of what happened the other night with that jerk?"

"They're Varela's orders." China pursed her lips and sucked her teeth. "Someone complained, I don't know who."

"Can you tell me what kinds of complaints come into this dump?" asked Francis sarcastically and then requested a cigarette. China took it out of a drawer in the desk, handed it to her already lit, and went back to sit down in her place under the velvet painting.

"Varela's the big man here, I just tell it to you like I'm paid to. If it was my place," she sucked her teeth again, "you'd be completely welcome."

Francis wasn't listening to China's words anymore. The painting in front of her, with its crude brushstrokes, claimed her attention. She stared at it. The two women entered into a very long silence. The color brought to her memory the image of the patio of her mother's house full of light. The dream. The blood.

"Which one's Varela?"

"A skinny guy dressed in black who sits with Katia at the big table, at the back of the hall. The only one with a black cowboy hat."

Francis looked at China with affection. She was ready to leave. She took the ring with the little green stones off her finger and, as she placed it in China's hand, said, "Anyway, it doesn't matter anymore. The winter will be over really soon."

10. The First Condition of the Artifice

Morra knew many women, some prettier or uglier than others, some untidy or lazy, others intelligent and wise. Nothing made them imperfect. What was perfection, she asked herself, if not the radiance of the soul reached at certain points of life? She was witness to how, on occasion, in the middle of the darkness, those women came to that resplendent and fleeting state. In Las Dunas, Morra knew it well, it was the first condition of the artifice.

Six in the morning. After seeing off the last customer and Young Varela, Morra closed the main door; she and the others went out the back. Katia and Nely had their chests well insulated but their legs exposed. China and Morra, taking care of their bronchial tubes, layered one sweater over another and covered their mouths and noses with scarves.

Fenicio was the last one to leave. Before setting out into the deserted street, he put on his suede gloves, lifted the collar of his wool jacket, and breathed in the dawn's cold, clean air.

Rosario Sanmiguel

Under the Bridge

I went to look for Martín even though he didn't like for me to go all the way to the riverbank. Since it was Monday, there wasn't anybody in the restaurant, and at seven, Mere let me leave. I took off my apron, changed my white blouse and put on a black T-shirt that had a Hard Rock café sign on it that Martín gave me when I turned seventeen, and since my high heels were killing me, I put on my red Converse. Martín didn't wanna see me on the riverbank cuz the other *pasamojados* gave him hell, saying I was really hot. One time one of em told him that with a woman like me, there was no need to get in the river so much. He didn't put up with any crap. He responded like he did when he felt threatened, with his fists and knives. If the people watching hadn't pulled em apart in time, Martín would've left him cut up like a sieve. That was the reason why he spent those weeks in jail. With Mere's help I managed to get all the paperwork done to get him out of there. He loaned me cash to pay the lawyer's fees and, when he finally got out free, I asked him not to go back to the black bridge. I was freaked out that the other guy would wanna get revenge, but he told me that he got there first, that that was the best spot for crossing wetbacks, and if that other guy wanted shit, all the better, he'd just finish him off once and for all. Fortunately when Martín returned he didn't run into him again, that day. Monday, the sidewalks that go from the restaurant to the riverbank were almost empty, no gringos or wetbacks. It was really hot, the stench of the puddles mixed with the smell of urine that came out of the cantinas. A man in the doorway of a cabaret was shouting to come see a show. He called out to me with a sick little voice. I didn't pay no attention to him, but I was sure that the next day he was gonna be in the restaurant messing with me. I didn't like that little man. He invited me to the movies, to get a beer, all over the place. He really was messed up, besides his teeth were all rotten, not like Martín who had nice little straight white ones. "Mónica!" he yelled at me, but I just walked faster, I didn't find Martín and I asked the other *pasamojados* if they'd seen him. They told me he'd just crossed over. At that hour there were just a few people on the edge of the river, like they didn't really wanna cross. I sat down under the bridge and to distract myself I started watching the clouds and the buildings of the city in front of me, really tall glass towers with tons of colors—green, blue, metallic, black—the buzzing of the cars was putting me to sleep. Suddenly I saw him appear in the train yard on the other side of the river, between the boxcars, Martín and a Migra. It looked like they were arguing. They lifted up their arms like they were gonna start wailing on each other. The Migra guy grabbed Martín by his shoulder and shook him. Me and all the people on this side were watching close to see what was gonna happen. I got real scared cuz I knew what Martín could do, but then Martín got free and squeezed out through a hole in the chain-link fence, ran down the cement slope, and got into the dirty river water that came up to his waist. Then I saw the sky was starting to get dark. "What're you doing here?" he asked me, all pissed off when he got to where I was. I didn't answer cuz I was waiting til he calmed down. We started walking along the riverbank through dust and debris. Martín had on his Chicago Bulls T-shirt, all soaked, not to mention his shorts. When his clothes aired out a little, we went back to Calle Acacias.

It always stank like day-old grease over there, and the side-walks were full of snot-nosed kids. We stopped at one corner to eat *tortas*. It struck me that the bologna *tortas* looked like open mouths with the tongue hanging out, cuz of the piece of meat that stuck out of the bread roll. Martín thought what I said was funny. He grabbed a *torta*, opened and closed the two sides of the roll like it was a mouth and he started talking with a gringo accent, *"cuidado*, Martin, *cuidado*, better to be friends than enemies, okay?" He threw the *torta* into a puddle. It was about nine at night. You couldn't buy alcohol in the stores anymore, so we went to Mere's restaurant. I got two Coors in a paper bag. We walked a few blocks and went into the Hotel Sady, ten dollars for a room for the whole night, but we were just gonna use it for a few hours. On the way I asked him if the next day he'd take me across the river cuz I'd never been to the other side. Martín asked for a room on the third floor, the last one with a window on Calle Degollado. From there we heard the commotion in the street like a faraway hum. Catty-corner to the hotel there's a bright sign with a rosy light, and Martín liked when its glow lit up the room. He said that he felt like he was in another place, that he even felt like a different person. I remember that night I felt his body real nice, hugged him real tight for a long time, til he pulled away from me. He drank two beers and got serious. I asked him what happened, why he imitated that Migra guy and made fun of him. He told me he had a beef with him cuz of some people that he'd tried to cross, money stuff. He said it just like that and closed his eyes. I waited til he fell asleep so I could watch him comfortably, big and strong. I felt happy with him. I liked my Martín from the very first time I saw him come into the restaurant with some other *cholos*, all of em really slick, with their hair pulled back, held tight in a net. When I asked what they were gonna drink, Martín answered for all of em. After I came back with their beers he asked me what time I was gonna get off work. Later he was waiting for me outside. Martín had eyelashes that curled up at the ends. He laughed with his eyes, and that made me trust him. I became his girl that same night. Afterwards he told me he was a *pasamojados*. As time passed, as we were getting to know each other I realized that he liked weed. I didn't like that. He made fun of me, said I was really square. I didn't care for weed or wine, but he liked me like that. We were thinking about renting some rooms to live together, just til we went to Chicago, like wetbacks, like the poor people who cross the river with nothing but God, climb into freight train cars, hiding and waiting for hours, sometimes a whole day til finally the train moves, with them inside, suffocating hot and afraid. When Martín asked me if I wanted to leave with him, I didn't answer. The truth is I didn't want to travel hidden in a freight car like my dad must have done just a few days after we arrived here. My mom found a job quickly in a factory, but my dad complained that he wasn't finding any work, til the day came that he lost hope and he told us he'd go further north. It was a Sunday when he got outta bed determined to leave. My mom and I went with him to downtown. Once we were there he wanted to go to the Cathedral first. Afterwards we left him on the edge of the river with a small suitcase in his hand. It was the last time we saw him. Just remembering I got sad, made me wanna kiss Martín's little tattooed tears next to his left eye, "one's for the first time the police caught me, the other for when my mom died," he told me one night when we were together. "The cobweb I've got on my left angel wing is from a bet I won off this real *chingón* friend of mine; the loser had to pay for a tattoo for the winner in the best tattoo shop in El Chuco." When he opened his eyes, I had so many thoughts mixed up in my mind that I asked him again about the Migra guy. At first he said it wasn't important, but I pressed him on it, and he ended up telling me. "That guy's name is Harris," he said. "I know him from a long ways

Rosario Sanmiguel

back, almost since I've been in this. We started out workin real good, without no issues, but then later not no more, cuz he didn't wanna pay me shit. He asked me for people to slave for him in El Chuco. I crossed over maids, gardeners, waiters, even a mariachi with instruments and everything. They were for his place and for his homies' places. He paid me good, but the shit started when I took people across to go pick chile up in New Mexico, cuz I took em all the way up to the fields too, so since it was more risk for me, I asked him for more cash. He didn't wanna pay and we got into it. Now he's making deals with the fucker that I stabbed that time for being such a loudmouth, remember? All I want is to get my money." He finished talking and hugged me. "Don't freak out, Moni, it's not the first time I've got issues with la Migra." We kissed and then we felt each other again. We left the room in time for me to catch the last bus to Felipe Ángeles. That night it took a long time to fall asleep. It was always like that after sleeping with Martín. I kept thinking about him and I was worried. Finally I got to sleep after I decided that I didn't want to go to the other side anymore. The next day I put on a necklace made of colored beads and grabbed a denim bag where I put some pants so Martín could change out of his wet shorts. I meant to invite him to the movies, but when I got to the riverbank I freaked out cuz I saw him between the boxcars arguing with the same guy. I thought Martín was gonna pull a knife on him, but after a few minutes the other guy disappeared and Martín crossed quickly to this side of the river. "Let's get outta here, cuz I just might cut him open!" he ordered as soon as he saw me. We walked to Mere's restaurant and had a Coke. Martín calmed down and I took advantage of the chance to tell him that I'd changed my mind. He didn't like that, he said we'd go no matter what. It was a challenge for Martín. He told me the Migra guy was scared of him cuz he'd threatened to rat him out, besides his shift on patrol had already ended, he was sure he'd already taken off. Martín's reasons didn't convince me. I regretted having gone looking for him. The only thing I wanted was to disappear from there. Martín got mad at me, dragged me to the riverbank, and pushed and shoved me onto the tire tube he used as a raft. "Don't move, it's just a few minutes!" He pulled the tube slow so the water wouldn't splash me. It must've been about three in the afternoon. The sun was still high, reflected in the muddy water. Under the bridge, women and men waited for their turn to cross over; up above, on the bridge, others with their fingers hooked on the chain-link fence looked all around. They watched me and Martín. Despite feeling scared I got excited thinking that we'd stay on the other side the rest of the day, that we were gonna walk the streets of a city unknown to me—all that thrilled me—I watched the blue sky, the Franklin Mountain, the colors of the buildings, an enormous billboard for Camel cigarettes, and below it the train boxcars. Right at that moment I heard a shot. We'd already gotten to the other bank. I could see a man was hiding between the boxcars. It was a man with the unmistakable green uniform. "What's going on, Martín?" I asked him panicked. "Get down!" he screamed at the same time as he hid behind the tube. Another shot rang out. Martín doubled over, the dark water of the river covered him. Terrified, I screamed. I wanted to get off the tube, stand up, or do something, but my fear wouldn't let me. I looked around for help. There wasn't a soul under the bridge anymore, not even up above, not anywhere. I felt like everything was far away, the little kids that played in the dusty streets, my house, Mere's restaurant, the Hotel Sady, the Cathedral, its staircase and its beggars. The last day I saw my father, I felt an intense heat in my eyes. The August sun I thought. I closed them hard and saw how much silence the river carries.

The Other Room
(Second Take)

From the little window of the airplane, I watched the dunes as if for the first time, surprised by their whitish color. I trembled. Despite the beauty of the desert and the inevitable feeling of purity provoked in me, I would land in Juárez at the end of my journey. Though my stay would be quite brief, the only thing that really worried me was the showdown with Alicia.

It was difficult to get to sleep those first nights. Our rooms were connected by a paper-thin door that allowed me to hear Cony's conversations with her visitor. It was a modest hotel in the center of town close to the notary's office that Adrián and I went to frequently during our first years together, long before the kids arrived. Those escapes were necessary for a change of scenery, far from where I went to live with him, his sister, and his mother. I would return to the same hotel years later, when everything was lost, to convince myself that all that was finally over. Afterwards, I would understand that was not the important thing; rather it was what I apprehended for a second or half a century, but which at the end, without the possibility of escape, left us oscillating between the painful memory and cynical acceptance.

Contrary to my normal behavior, the days that I stayed in the hotel I got up late, dealt with the notary business in the midday, and on my way back bought the Mexico City newspapers to make it through the rest of the afternoon. At dusk, I would spend a few hours in the closest café with a beer and a sandwich; afterwards I'd go back to the room relieved to have completed one more day of bureaucratic red tape. In some ways I kept the schedule that Cony indirectly forced upon me with her night life: only after she wore herself out did a silence emerge, allowing me to get to sleep.

"Cony, you said that you'd go with me today. An important shipment arrived this afternoon and Lucho doesn't like to wait."

"If you want to, just go. I've had a horrible day and I've got a terrible migraine."

"You promised me. You know I really like you to go with me everywhere."

"You're a real pain, dear, leave me alone."

"Cony, this can't wait. Come on, get up!"

"Bobo, can't you see I don't feel well? Call him and tell him that we'll go tomorrow."

"I'm way too good to you, but all that's over now. Do you understand? It's over!"

"Oh, so now you're threatening me? Why don't you just get lost already?"

"You're lucky, Cony. I'm in a hurry and the business with Lucho is too important, so I'm outta here."

"Roberto, dear, come here, don't go like that. Can't you see your Cony isn't twenty years old anymore? Don't be mean. Try to understand."

"Get dressed already, come on. We have to pick up that money from Lucho. I'll wait for you downstairs in the bar."

Rosario Sanmiguel

I went from the bed to the dressing table and from the dressing table to the window. Through the glass, I looked out repeatedly at the signs that I could see: Woolworth, Café El Norteño, Bar Mr. Frog, Café Ideal, Bombay Dancing Club. The movement in the street was incessant, the commotion deafening, but in the room Alicia and I had long silences. Neither of us would decide to start the conversation. The afternoon we met, as she settled herself into the armchair ready to fight, her perfume pervaded the room. Breathing that aroma made me remember a situation faraway in time, those first times when Fernanda, acting as if the class were for the students, tried to show me the poetry that ruled the laws of the universe. Perhaps you're right, I told her later, struggling not to remain in contemplation, not of her eyes anymore, but rather in the momentary darkness I had discovered in her face. I understand that bodies and the energy relationships between them fascinate you, but I prefer words, for example, if I say . . .

"Anamaría," I heard Alicia say, removing me from one chapter of the past to take me to another which she and I shared. "Listen, understand how hard this is for me. Adrián knew that you didn't need it, that the house you'd bought in Monterrey would be enough. We never wrote it down legally because ever since you left, his life became a complete mess, right up to the day of his death."

"It was a mess long before. You know that as well as I do."

"Fine, fine. I didn't come here to argue about that."

"Sure, what you're interested in is the property, I understand."

"The house belonged to my parents. Besides, you don't need it, and if you didn't want to live there before, there's even less chance you'd want to live there now."

"You're right about that. I'm not planning to come back to this city."

Adrián's sister looked the same as he did: the jumpy, blue eyes, seemingly nervous; the tiniest little mouth, making a face like a spoiled little girl. Her attitude, the rhythm of her movements, the modulation of her voice, everything about her revealed her as a daughter of privilege, who was now struggling. As she lighted a menthol cigarette, I waited patiently for her response. I had no interest in keeping the house; for me it only represented a bad memory.

"I'm going to lay it out plainly for you. I know I was never to your liking, and neither was Mamá. The reason is not even worth mentioning."

"Agreed," I answered firmly.

"Things are going badly, so the house would be a great help to me. Perhaps to mortgage it, I don't know, something could be done. Of course, if you agree to it."

I didn't answer. I went to the window again. Poor Alicia. Where had all her arrogance gone? How could she swallow her pride and ask me for this? On the sidewalk in front, a man played an accordion. I had seen him up close on the day I arrived. He had a growth the size of a ping-pong ball on his right cheek, close to his nose, red and shiny, covered by a very thin layer of skin that appeared on the verge of bursting. For a few minutes I distracted myself with the movements of his fingers on the keys. I supposed that, by the speed which he moved them, he was playing a very lively melody.

"What do you say, Anamaría? Do you think we could come to some kind of agreement?"

The issue was clear to me. I had never counted on the property or anything else for me or for our children. Not only had his death been a surprise, but in addition I found out that after our separation, Adrián had acquired life insurance for us. Now Alicia was demanding the house, and she was right up to a certain point; nevertheless, I wasn't willing to make things easy for her. I remembered my mother-in-law, the possessive and controlling woman who was their mother. She was so jealous of our marriage. I had arrived to break up their love triangle, the perfect relationship between Adrián and the two women. His occasional escapades with different women were tolerated, after all he was a man, but that he would bring a woman, his wife, into the family home had been intolerable for them. The sound of a door slamming brought me back to the room: Alicia couldn't stand the wait and left furiously.

From the other side of the wall came voices, noises, and laughter. I wanted to be there. I wanted to forget about Alicia, the house, above all about Adrián, about his death and my return to this hybrid city, violent, dusty, and chaotic. Of course I understood Alicia's concern. I didn't judge her for defending herself, but it was me and not her who at one time had rescued the house from the hands of creditors. I didn't plan to remind her of that. The only thing I wanted was to put an end to all this as soon as possible.

I left right behind Alicia that afternoon, at the same moment that Roberto walked by in the hallway. I supposed that he was coming from Cony's room, whom I had never seen. By her deep voice, I imagined she was heavy set, always dressed in loud colors, her hair falling to her shoulders, maybe fifty years old. As he passed by me, he shot me a quick look, but still quite intense; he could have described me in perfect detail. We went down the stairs together, he a few steps in front. He was wearing a dark suit with a cowboy cut, cowboy boots as well, and a light blue shirt without a tie. His brown hair abundantly covered his ears. He was wearing a lot of cologne. When he was in front of the check-in desk, he talked casually with the employee, who listened with attention and responded with respect, as if he were speaking with his boss.

"Señor Tejera," the boy said to him, "yesterday someone came to look for you, sir. He waited all afternoon. He asked me if you lived here."

"Didn't he tell you his name?"

"He didn't want to. He mentioned he was coming from Ojinaga, that tomorrow he was going to leave for Chicago and it was urgent he speak with you, sir."

"If he comes back, tell him to leave his name. And you already know, don't give out any information."

Tejera adorned his left wrist with a thick gold bracelet, and the little finger on his other hand had a scandalous ring with a shining stone.

"Very well, sir. Oh, and you know what? I wanted to ask you for a little favor. Well, it's for a nephew of mine who's coming from Camargo. He's looking for work. Do you think you can find him something, sir?"

"Send him to Lucho's bar tonight. What'd you say his name was?"

Tejera heard the name, issued a few instructions, and passed in front of me. I was listening to them, bored, while I fanned myself with a magazine, settled into a worn-out sofa beside the door. He left without seeing me.

"Oh my God! Why do you have to go and get in so much trouble! Just stay away from it, Boby, please."

"Come on! Don't exaggerate. Half of what that lunatic says is a lie."

"Are you sure, dear?"

"Of course! If you hadn't been there tonight, he wouldn't have been bragging so much. That *pendejo* always wants to impress everyone, especially women."

I imagined Cony had changed her black dress for a light robe, also black. I envisioned her heading to her dressing table to look in the mirror while she brushed her hair, which by the sound of her voice I saw as long and undulating, the color of mahogany. Suddenly, I stopped hearing Tejera. Without a doubt, I thought, he never takes off his ring or his heavy bracelet. A door was slammed shut. I went to the window. I seemed to see him pass by under the luminous sign of the hotel. I stretched out on the bed to wait for anything, Tejera's return, the nervous visit of Alicia, or, in the best of cases, to listen to the soft murmur of Cony's bare feet on the wood floor. What I heard was a little sweet music followed by a booming voice announcing a radio station. After several long minutes, I heard the door slam again.

"Don't pour me any. Well, just a little."

"You impressed him. For sure he's going to want to know everything about you. He talks and talks without stopping, makes things up, he acts like he's the shit. It's his style. The other night, after checking the shipment, we went into this strip club. Right when we got there, he hooked up with this big-ass dancer with really white skin and a little girl's face. She wasn't even eighteen years old, I swear. He invited her to the table, bought her a drink, and started to tell her a completely made-up story. He told her he worked in Arizona piloting a rescue helicopter for the Red Cross. The things he made up, these incredible adventures, I mean, all night long he made himself out like he was a hero."

"But, he really does fly a helicopter, right?"

"Of course not! Come on, Cony, don't be so naive!"

"I'm not being naive. The thing is that you always think the worst about everyone. What does it matter to you if he impresses me or not? He's just a boy to me, a charming boy, but in the end just a boy."

"I hope he doesn't bring us any trouble. He talks too much. I've never wanted him as a partner. I told Lucho that from the beginning, and I'm gonna tell him now. It was a mistake to get him involved in smuggling those motorcycles in, the ones that came in a few days ago on the train."

"Hold on, dear. You aren't jealous, are you? You still love me that much? Come here, get comfy here next to me. Look, that boy has been with you guys for a year, right? You've never had any problems with him. Why would you now? Forget about what happened tonight."

"Yeah, but you know how rough crossing has been these days. There's too much surveillance. I don't know . . . the other day, a guy was looking for me and I still don't even know who it was."

"Baby, smuggling has always existed, all over the world. If there's more surveillance these days, it'll just be temporary. You know that better than I do. Come on, Bobo, Bobito, come here with me, I can't wait to sleep."

In the middle of the afternoon, knuckles rapped nervously on the door. When I opened it, Alicia, with her straw-colored hair, remained in silence without moving. Before letting her in, I noticed the worried expression in her eyes. It seemed as if the person at the door were actually Adrián. Irritated, I asked her to come inside.

"What do you think about what we talked about, Anamaría?" she asked as soon as she entered and planted herself rigidly in the middle of the room. She was carrying an expensive purse. One had to recognize her good taste.

"We spoke about several things. Sit down."

"You know very well what I'm referring to."

I lit a cigarette and sat down in front of the window, a few steps from the armchair where she was seated. Outside birds alighted on the unused trolley cables. The accordion player's spot was empty. In his place a Tarahumara girl was eating squash seeds and spitting out the little hulls. At her side, trusting doves picked at the ground.

I turned around and looked straight at my sister-in-law.

"I ask myself why, after all these years, you and Adrián never put the title of the house in your name. You, his beloved sister. Remember when I wanted to do some renovating? You opposed. The house had to remain just as it had been after your mother died. Adrián took your side."

Without waiting for a reply, I looked at the street again. The Tarahumara girl stayed still so more doves would land. Later she shook her bare feet against the pavement to scare them and then ran off, chasing them.

"Adrián always thought you would come back. My poor brother never wanted to accept your unfaithfulness. I'd like to know what you'll say to your children when they find out why you abandoned their father. You don't think I could tell them about your adultery? Remember, I introduced you to Fernanda."

Alicia's words didn't surprise me. I knew she'd resort to something like this to force me to hand over the property. Something I did not plan to do. Not for my children, but rather for myself. Deep down I felt anger and pity for Alicia.

"It doesn't matter to me what you do," I added without stepping away from the window.

Alicia stood up to go to the dressing table. I guessed she was fixing her hair while she thought of what to do. Perhaps in that moment she realized that I was not going to oblige her despite a possible blackmail. Even so, she was brave enough to ask me for half of the property. I didn't answer her. I preferred to look out the window. The girl ran with her face upwards, following the flight of the doves. She lost her balance on the curb and fell face down in the street. Her little skirt ended up inside out above her waist.

"Anamaría, please, I'm not taking anything from you. That was my parents' house. Adrián and I were born there. It's not fair that you get to keep it now!"

The little girl stood up, crying. Her face was scraped and bleeding. Rubbing her eyes, she walked toward the corner where her mother was sitting selling the herbs splayed out around her. The girl settled into her mother's skirts, cleaned off the blood and mucus with the sleeve of her blouse, and stopped crying.

"I'll sell it to you," I responded dryly, after sitting down on the edge of the bed.

"Are you crazy? How am I going to buy something that's mine? Remember, I was born there! I've always lived there! That house is mine!" she emphasized, standing up again. She waved her arms about wildly as I sat down in the armchair that she had just left.

"That house belongs to me. Besides, your economic situation doesn't matter to me. I'm going to sell it anyway. If it interests you so much, buy it from me."

"Since you don't want to come to a peaceable agreement, I have to warn you. I'll fight you with lawyers," threatened Alicia, raising her voice.

"Do whatever you want. Look at what a good person I am. I could exclude you from the sale and just kick you out, but since you're my children's aunt, I won't do that. I'll give you three months to leave."

Alicia's face was on fire and her temples were wet. She would have liked to jump on me, insult me, but she had enough common sense to leave before provoking further violence. She squeezed her elegant snakeskin bag and left theatrically, slamming the door behind her.

The voices from the other room went quiet. The unending noise from the street passed from night into day. Wide awake the whole night, I contemplated the city from the window, bathed in the light glow of dawn. The helplessness I felt in that hotel room grew as the day broke. In any case, I did not allow myself any self-deception. I knew my emotional highs and lows too well to let myself be surprised by the sadness that was beginning to take over my body. Perhaps the proximity of my period, the premenopausal symptoms, or that migraine that had hammered my memory since the morning. Everything was mixed up with my history of abandonment.

I'd brought with me a long poem to translate to occupy the deadening hours of the afternoon. I'd imposed this pleasant exercise on myself. I enjoyed searching for the word with the closest meaning, finding the rhythm, its melody, and everything implied by moving the world enclosed in words—the world of others—into my own. In my case it was a delicious and cowardly gesture.

In your narrow bed, you traced an enigma, a scrawl wider than my pelvis. You were small and deep, like the urn of my lady long dead, clean and white like the girl that I believe to be my daughter, bathed before bed. Following the path of my steps, I came with a trail of ash behind me. My time arrived in front of a green bottle of olives. My father approached to give me the sentence: I would be hung at dawn. The doctors chatting, their foreheads wrinkling, they supported his wish. I know that I am rotting and need to sleep awhile on this marble table. If you are not my lady long dead, why do you wake at first light in this dream that I weave with my eyes open. The cargo is heavy and I think to rest my bones on one side of your narrow bed. (A look darker than the other burned through me. A lighter body contained me.) The following morning was among us

women—my executioner waited on the gallows, having lost
all patience—on your knees upon my body you sang a song
that you composed deliriously, your damp throat vibrated.
Feed this river that dies out under the bridge. The pink
salmon was beginning its voyage.

Nonetheless, as the days passed, I realized that when I
could continue my work on the translation, I preferred to listen to Cony and the stories Tejera told. It was a way to ward
off the desolation that was beginning to nest in the corners
of the room. Imagining a woman who possessed the voice
that kept me awake at night brought me a disquieting sense
of pleasure for a time. I followed her every move, every
silence, each word in her long and rough nights of lovemaking with Tejera. So, until the daylight emerged completely, I
slid on the toboggan of sleep between faces and phrases that
assaulted me from all sides. Finally, fatigue overtook me.

I would go down to the lobby to feel the company of the
guests who passed through there, mainly people from the
countryside who came to process paperwork with Immigration. On occasion, I'd go into the bar to drink club soda. I
remembered the times with Adrián, when a young adolescent girl would sing old love songs, the same one who, years
later upon my return with Fernanda, was still there, the
woman who later would arrive on the arm of Tejera. When I
saw them crossing the lobby, I realized that I'd been mistak-
en about everything. Cony was barely more than thirty years
old, but she had no trace of her previously svelte figure. Seeing her anew, knowing that she was the owner of the voice
that I listened to at night pleased me. She was an attractive
woman with an angular face and jet-black hair cut in a page-
boy style.

Cony and Tejera hurriedly climbed up the stairs. I went out, following the routine that I kept those days. After returning, I read the newspapers in my room, distracted more than anything by the attention that the voices on the other side of the wall demanded from me. Having discovered Cony's identity put me on a different plane. It was no longer about imagining her or guessing her movements in the limited space of a hotel room: now I wanted to find some meaning in her words, if only by the inflection of her voice, to discover her capacity for devotion.

"I'm leaving for Chicago tonight."

"I'm gonna miss you, Bobo."

"And I'll miss you."

"Come here, get closer . . . hug me tight. I want you to miss your Cony a lot."

"And I want to tell you something that I hadn't told you."

"A secret? I'm ready."

"I'm scared of dying, Cony. Every time I leave you, I think I'll never see you again."

"Come on, don't be silly, Bobito."

"Really, Cony. I'm not playing."

"Okay, explain how you're feeling then."

"I'm scared."

"Of dying? Don't be ridiculous, Boby. What you do won't end anyone's life."

"I know, but that's what I feel and it's not because of what I do."

"I, on the other hand, think I'll live a lot more years."

"That's what hurts me, Cony, that if I die, you'll still be here having a good time."

"Now you're the one who's playing. I'm talking to you seriously too."

"I have the feeling that something's about to happen, Cony. It's like something's telling me that your life and mine are about to change."

"Don't talk nonsense, love. How could that be?"

"I'm telling you. Death."

"Death comes in many forms."

"Maybe so, but I'm talking about a very concrete one."

"If that's how you feel, then I want you to leave tonight knowing beyond a doubt that I've given you everything, that I've surrendered all that I am to you."

One of the last afternoons that I spent in the hotel, I ran into the cleaning girl in my room. She had the door between my room and Cony's open. Cony was ironing a dress on the bed while she talked to the girl, who, as soon as she saw me, tried to close the door, but I stopped her with a gesture. "It doesn't bother me," I added, as I took out my suitcase and clothes from the closet. I packed quickly. Later I went down to review the bill and do some last minute shopping. When I came back, the maid had already left.

"Excuse me," I said to Cony, "I'm going to close the door."

"Oh! Yeah, go ahead. Wait, would you happen to have white thread? I want to sew some buttons back on, but I don't feel like going out to buy it and I don't want to make Rita, the cleaning girl, have to leave any later."

As I looked for what she requested from me, she remained standing in the doorway. I could feel her looking at me.

"Thanks," she said when I gave her the sewing travel kit that I carried in my toiletries bag. "Stay with me for a minute," she added kindly. "Do you want something to drink?"

I sat down on one of the red velvet easy chairs next to the window. Her room was very different than mine; the furniture was more comfortable and better looking too. The small round table was covered with a tacky, flowery little tablecloth and on the dressing table, beside a bottle of whiskey and another of brandy, there were bottles of different colognes, a box of eye makeup, and a candle in a tall glass. On the wall next to the mirror, Cony displayed a portrait of herself painted in oil by one of the velvet painters that abounded in the area.

"You're a singer," I said bluntly, as I hadn't thought I'd find myself in a situation like that. I'd been fine with simply listening to a voice. I explained when I had met her too, including the circumstances. I thought that the number of times I'd heard her speaking with Tejera were sufficient to address her with a certain familiarity.

"What brought you here again? I mean, I don't want to be rude. But before you answer, I should tell you. You look a little down. Maybe it would do you good to talk with someone," she said warmly.

Cony put away the clothes that she had just ironed in the drawers of her dresser. She threw away the cigarette butts in the ashtrays and arranged the fruit in a bowl that had been on the nightstand but which she moved to the table. Afterward, she sat down on another armchair, took a sip of her glass of brandy, and readied herself to listen to what I was willing to say. I started by recounting the details of the fight with my sister-in-law.

"You did well to protect your children's inheritance. But don't you think that with a house as large as you're describing, you shouldn't share something with your sister-in-law? Don't think I feel pity for her. A woman as stubborn as you've described doesn't deserve it. I'm telling you to do that just to keep the peace. After all, she's your family too."

I talked with her about my marriage to Adrián, of our falling out. In essence, I told her a very unoriginal story. "It's not that everything turned out badly," I explained at the end. I don't know why I was trying to justify the image I painted. I wanted to clarify what I said, but Cony interrupted me.

"My dear," she whispered, in a tone more seductive than complicitous. "All men are children. How could you not have learned that yet?"

We spoke for a long time, as only ever happens between strangers. Immersed in each other's story, we recognized one other in each other's situations. We also talked about my children and later she told me the story of her pregnancy.

"Criticism, insults, threats, he said it all to me, but nothing would make me change my mind. Listen, one morning I left really early, with my mind already made up to have an abortion. I crossed the bridge and checked myself into a clinic in El Paso. That same day I came back at night. Roberto was waiting for me. He didn't think I was capable of doing what I did, so when I told him, he left, saying he'd never return. He lied, three days later he was back. Sometimes men can be such babies."

"And very selfish," I added. "Why have a child that you didn't want?"

"My poor Bobo thought that was the way to tie me to him for life. We would've made a grave mistake. For me, singing is my life," she said with the decisiveness of an accomplished woman.

"It's true, children create a lifelong bond. However, in the end, when one really wants to break up, they're the ones who matter the least," I said as Cony fixed her eyes on mine as if she had discovered something. I felt uncomfortable, but I resisted their scrutiny. Later she came close to me and placed her index finger on my chin, pursed her lips, bare of lipstick, as one would do to kiss, and observed, "There's a lot of bitterness in your eyes. I'm going to be truthful. I wouldn't like to look like you."

"Cony, like any woman in love, you believe in happiness. But don't be mistaken, I do too." When I heard what I said, the simplicity of my own words surprised me. They had emerged from some other part of me, from a space of silences, from a place that I refused to open.

A cry echoes in the solitude between the walls. A girl called out for her mother, walking behind her on a muddy path, scared to stain her little white boots. The girl ran screaming blindly among the pines in the forest. She drew the days taut in her mad dash. Death waited, veiled on the other side. At an advanced hour of the night, the innermost recesses of a beloved woman exuded her desire. Everlasting surrender was her pledge. The words wove a tangled mass; her breath impregnated the air in the sealed room. In the depths of her memory rolled the beads from her wedding cord.

"You leave me until the last moment, as always."

I looked for Mamá when my departure was practically at hand, otherwise I would have had to visit her several times. I found the house locked. The padlock on the metal gate and the lack of order in the little garden distressed me. A dark thought assaulted me. I felt sorry for not having looked for her before or even having called her. I waited with a contrite heart. For the moment, it was the only thing to do. After a little while, I saw her coming down the sidewalk. In addition to her hand purse, she was carrying a Bible and a package of coffee. I was happy to see her walking with such strength, with the same grace I had known of her.

"I already explained it to you, Mamá. I've been very busy. You know I would never visit Juárez without visiting you."

"I don't know that," she responded emphatically. "You've been an ungrateful daughter."

Hearing that accusation once again irritated me. I was about to let fly my own criticism of her, but I tried to calm down. That would have only led us into a bitter argument.

"Mamá, Mamá, why don't you stop your complaining? I've heard those same complaints from you my whole life."

"See, you can't stand your own mother. That's why you didn't come earlier."

"That's not it, Mamá. I get angry because you always say the same things. I can tell you what comes next."

We were seated at the kitchen table. Mamá liked strong coffee, and she bought the whole beans and ground them herself. Rhythmically, she turned the crank on the grinder, creaking each time it made a rotation. That morning, after a little while, Mamá's attitude and the noise from the device ended up ruining my mood. That's why I attacked her with a question that went to the heart of one of our most repeated arguments.

"Don't you know you could have done something else with your life?"

Mamá always surprised me with the anger she evinced with her responses. She hardly stopped what she was doing. I would have liked to truly wound her, leave her silenced, and walk out, but Mamá was stronger than me.

"And you? What have you done with yours? You left Adrián, then Fernanda abandoned you, and God knows what else you've done. The fact is that now you're alone. Alone, like me."

Mamá stood up and emptied the hot water and the grinds into her glass French press.

"That's not true. My life is very different from yours. I have other interests. You, on the other hand, never found out how to live without Papá. That's why you feel lonely. That's why you've taken refuge in religion. Admit it."

Mamá let the dark liquid stand for a few seconds more, then pushed the plunger down slowly to the base of the container and immediately served the coffee.

"I am alone because you abandoned me too," she responded very calmly when she was seated in front of me once again. She glared at me too as if the world was on her side.

"Fortunately," I responded sarcastically, "I could do it. I was sick of your secrets, your ailments, your manipulation. Whether it was infidelity, jealousy, disinterest, I don't know. I don't appreciate you having made me your confidant."

"And what could I do? You were the only one I had left."

"Yes, but you ruined our relationship, Mamá. I thought you were perfect, faultless."

"You've been so unfair to me! And what am I at fault for? For being a devoted wife? For taking care of him? For being willing to satisfy his needs?"

Mamá was unmoved; after all, we were saying nothing new to each other. How many times had we argued about the same thing? More than I could stand.

"And you know," she continued, "at the end, he left anyway. Do you think it was possible for me to find another man?"

I felt compassion for Mamá. I understood the cause of her bitterness well, the origin of her complaints. The sacrament of matrimony, the family, the fear, the what-will-they-say, and all the garbage she couldn't shake. I felt sorry for her, but I was also angry with her.

"That was your fault, Mamá. You were too attached to Papá," I responded angrily.

"You're so rough, Anamaría! But I don't see you doing any better than me."

My mother enjoyed saying those words to me. It was her way of avenging what she called my ingratitude. "You don't feel it now because you're still young. Wait til you feel the weight of the years on you. You'll soon realize that everything looks different from there," she concluded.

"It's been a while since I've seen things a different way. You, your secrets, your manipulation. I think you aren't the same anymore. Remember I'm only your daughter."

Just then my mother covered her face and wept. She had large hands, well shaped and perfect; her smooth skin dotted by uncountable freckles; her nails filed and polished. She sobbed like a little girl, and, as always happened, I regretted treating her so roughly. Mamá had beaten me. I hugged her, told her I loved her, and consoled her as I did with my own daughter.

We went out into the street. The night's heat greeted us like the wet and sticky lick of a tongue. We walked several blocks north. When we arrived, a brightly lit sign next to the door flashed this slogan at the base of a photograph: "Cony Vélez, the Voice of Love." The place was large, cool, and dimly lit, with a certain antiquated luxury. There was a grand piano in the center and around it a bar with cushioned benches. The pianist, a very pale man, his complexion eroded by acne, wore a peach-colored suit and tie. The music flowed around us, the sleepwalkers sung sweet songs, while Cony, very close to the pianist, took well-spaced sips from her glass of brandy. He searched for her unceasingly with his eyes.

In the bathroom, I urinated practically standing up over the toilet and then washed my hands meticulously. Before leaving I touched up my makeup. When I saw myself in the mirror, I discovered that, despite the wrinkle marks that crossed my forehead, my appearance was lighter than my spirit. On my way back I found Cony's spot empty. She was seated under a weak lightbulb that illuminated one of the corners of the bar. She played with a lighter she was holding in her hand while she chatted. The clarity with which her profile could be seen was pleasing to me—the definitive line of her nose and chin, the precise angle of her jaw. From the front, Cony was different. The paleness of her face and her sparse eyebrows at times gave her face the impression of a sketch made by an artist who only illuminated the mouth. A mouth with thin lips. A deeply red mouth.

When Cony returned to my side, one of those men with whom she was talking took over her spot under the small light in the corner. Everything about him was excessive: his double chin, his beer belly, his bald head.

"They're old friends of Roberto. I don't know those women. The fat one sometimes looks for him at the hotel. Maybe you've seen him before."

The man who Cony was talking about hugged a woman with silver hair; occasionally he would lean over her as if he wanted to kiss her, but never did.

"The other guy," Cony clarified, "is the owner of a little café, El Norteño."

That was the man who trimmed his moustache in the style of Clark Gable. His hair was thick with Vaseline, and he kept moving a toothpick from one side of his mouth to the other. He would break it into slivers and then place it with a new one from a little, cellophane packet. He and his companion, who repeatedly brought one hand to her chest to play with her two strings of pearls, hardly spoke. When the fat man let go of the silver-haired lady, he and Clark Gable would talk and laugh loudly. The women just exchanged looks.

Later, an older woman dressed in green, including stockings and shoes took the microphone and sang a far too sentimental bolero. She combed her hair in the 50s style, with her locks arranged in a beehive and secured with hairspray. Afterward, she ceded the microphone to Cony. It was her turn. The place started to heat up around midnight when she sang María Luisa Landín and Agustín Lara songs. The regulars who arrived remained standing, waiting patiently for the tables to be vacated. Cony touched women and men alike with her powerful voice. Seduction was her calling, singing her method. I, along with the pianist and all the others, surrendered to her completely.

From the window in my protected tower, I watched the remains of the day burn off at the horizon. Adrián's sister had returned one last time to try to obtain the property. A little later she was just a rowboat fleeing, moving away fast, defeated and graceful on the sidewalk in front. Under her left arm, she held her purse tight. The other arm impelled her forward like an oar.

In the other room, Cony awaited me. Life renewed itself. The melody of the accordion joined the clamor of the world. A few coins fell into the hat at the musician's feet. To the west the cathedral's bells rang out. The faithful headed to mass. Behind the bell tower the desert devoured an orange in flames. The Methodist temple opened its doors. The *cholos* looked for hideouts close to the train tracks. The Tarahumara gathered up the herbs and sweets they sold. The gringos crossed the bridges to drink the night away. The soldiers stationed at Fort Bliss searched for lovers in Sucre Alley.

The Spinners

to Choco

The flies swarm around the girl's knees. Fátima swats them away indifferently, knowing she can't make them leave. Manuela contemplates the lateness of the train as she ties the cord that serves as the lock on the little black metal suitcase. August is even more oppressive at the station. The rays of the sun pierce the paneless windows, making visible the fine dust that alights from the flaking walls; the rays burrow underneath her wide cotton skirt and provoke sweat that sticks the fabric to her thighs. "Fátima," she orders her daughter without looking at her. "Ask how long til the train comes. It's like an oven in here."

The girl walks to the table where they sell the tickets, asks, and returns, followed by the persistent flight of insects. The man watches her walk away, lifts a splinter off the counter with his nail, and puts it in his mouth. " . . . Or it could be even later," he yells as she heads back. Fátima turns and the stained circles on the man's shirt around his armpits catch her eye.

It's noon. Everyone waits. Some to depart on the only route that leads to different geographies, others for the arrival of some letter or the newspaper from the city.

Manuela fixes her gaze on the faraway point where the rails come together. At times she entertains herself counting the wooden sleepers that she can make out, but there are moments when she seems to speak to the girl, even though only she knows what she says. She doesn't care if Fátima hears or not. But the girl's attention is elsewhere. She watches the gesticulations of the ticket seller: he purses his lips, sticks his tongue behind his teeth, and spits out the splinter aiming it in a sardine can that he has placed a few steps away just for this purpose.

Fátima counts six little bits of wood, seven with the one he just launched. He misses every time and scatters them all over the floor.

The train arrives when the splinters form small mountains dispersed around the can. The two women climb aboard. Manuela takes a seat in the shade to cool off, but soon the rubber heats up and she starts to mutter complaints that Fátima ignores, since she is used to hearing her mother's murmuring.

As the train picks up speed, Fátima looks for the man with the sweaty shirt but her eyes find only the yellowed wall of the station. The engine car skirts around the tiny town at a low speed. From far away, the houses look like the little crosses my mother embroidered on the gringa's tablecloths. In that house, the daily cleaning came first, then in the free time the sewing, so that she would keep both of us.

We arrived in El Paso at the end of my childhood, when my breasts began to blossom under my blouse. No one told me, but I thought that I would look like my mother this way, and that would bring us closer together. It wasn't that way. She continued to live in her world of voices. She talked to herself as I grew lonely in those foreign hallways, between the furniture we polished every day with fragrant oils.

My mother was a spinner who propelled the wheel of her days forward along an unalterable course. March was the same as October for her, summer like winter. The passage of time and the things that filled it held no value for her. Listening to the voices that inundated her gave meaning to her life.

I often asked her why we had left Malavid. To me, the only palpable change was the litany of workdays in the *patrona*'s immaculate mansion. It was useless. She gave me some partial explanation, some reason I couldn't understand. Everything enveloped in voices and mystery.

One unexpected morning, she left me in the *patrona*'s care. The haze hovering above her head had vanished, revealing a firm, clear woman. Her heavy, round body was lessened by the light of eight in the morning. As if in that moment, a mystery had been unveiled. Her accent lost its gravity just to say to me: "Be on your best behavior. Obey the Señora completely, so she doesn't have any reason to complain about you."

The tone of the words she said to me is still burnt in my memory. Before leaving, she even gave me a few instructions about cleaning the house. As she talked, it seemed that she was looking for something far away, always outside of me. That's why when she comes to mind, I only remember her voice, because her eyes never paused to look in my own.

I saw her leave, walking away, the wind hurrying her down the street. She carried her small old metal suitcase, even emptier than when we arrived. She shook her head slightly, as if she was accommodating the voices she carried with her. "Mother," I called out to her in a loud voice from the bottom of the dark, soft hole where I remained.

After that morning, I took her place in the house. In the mornings, I emerged from sleep thin and desirous as if I were headed off to look for myself. First, I drank *café con leche* at the servants' table, then I made my way through my workday, slowly as if crossing a swamp. The days were long and tedious, but I never altered the rhythm of domestic work that my mother had established. So I was the one who wove the passage of the hours in the silent rooms of the mansion.

As time passed, my life followed the course that corresponded to a young woman like me. I met other girls who were maids in the neighbors' houses. I started to go out with them, to get to know a little bit about the two cities, now clouded in my memory. Some Sunday mornings, after putting the dishes from breakfast in the dishwasher, I met up with them. We would take a bus that let us off downtown. We quickly passed through the deserted streets and crossed the Santa Fe Bridge over the muddy river, always flanked by green patrol cars.

As soon as we entered Juárez, we felt the pulse of a city wide awake. My companions felt more free in the density of a day full of noise and people. The air was charged with the smell that the food carts gave off and the odors of the bodies in motion. I spent my Sundays like this: in the morning going from one city to the other, watching a movie or eating fried food in the street; at sundown, crossing the river fearfully to take up the spinning wheel of my days again.

Only once, I received a letter from my mother. She told me that she was well and recommended that I stay at the house. There's nothing for you here, she insisted. And in El Paso? A low salary, a room with a bathroom, and a borrowed television. Nothing belonged to me, except the constant anxiety of being hunted down at any moment.

To pass the time one of those Sundays, the girls and I walked along the streets close to the bridge, since our *patronas* would meet us at a certain place and time agreed upon previously. That day the river was running really low. We crossed it easily and walked to the place where they were going to pick us up, but one block before, we were detained and taken to a cell where we spent the night. I didn't care. The others screamed and cursed to release their anger. I was more tired than afraid, and soon I ended up asleep in a corner.

At dawn, they took us to the bridge. The officials stood there until they saw us disappear on the Mexican side. We were smiling and hungry. We calmly ate breakfast in our Sunday café, El Norteño. All the night owls from the night before were gone. We let the morning hours go by leisurely. Later we went back to the river to cross over again and as many times as needed. When they get to the shore, Fátima sees her reflection in the water just like the first day, when she crossed with Manuela. The mirror of time brings the face of a girl holding her mother's hand back to her. The girls move ahead with their skirts hiked up, feeling their way step by step along the muddy riverbed. They reach the other side of the river and yell to her to follow them: "¡Órale! Fátima, come on! Hurry up! They're coming!" Fátima hears their voices as if they were coming from far, far, away echoing in a tunnel. Soon the girls disappear from view. The river's water slowly flows at her feet.

The next day, when she returns to the station in Malavid, she suddenly senses that Manuela is dead. Inside, between the four walls hammered by the reverberating waves of the sun, she realizes that Fátima, the girl with mud-spattered legs, has stayed behind with her entourage of flies. She understands that her departure, her *patrona*, her house, and the two cities are fragments of a dream from which she is just awakening.

Behind a battered table, vanquished by the lethargy of the afternoon, a man in a shirt stained by sweat and dust dozes with his head sunk into his chest. Before continuing on, Fátima catches sight of a line of drool drawing a splinter from his mouth.

Landscape in Summer

1

"Looks like it's gonna burst," Cecilia said to La Gorda Molinar. The music swelled in their ears as Cecilia and her friend went out into the street. Before setting out, she glanced at the student café where Daniel insisted on perfecting the different ways of exhaling cigarette smoke: like a sailor, up through his nose, and myriad other ways. For the fifth time that morning, the jukebox played the hit of the moment, "Let It Be." Cecilia enjoyed the relaxed discipline that allowed her girlfriends to paint their nails with colored polish and for the guys to curse loudly and dare to challenge their professor's orders.

The best thing was never having to climb aboard the school bus and put up with the mixture of morning smells that turned her stomach: the fresh polish on the penny loafers of their uniforms, the starch on their white collars, the leather of their backpacks, the gel keeping their indomitable hair in place, the shavings from their recently sharpened pencils, and the whiff of eggs and bananas that their youthful mouths emitted. That was only the memory of a world that Cecilia had just left. Though not definitively, as there was something that still made her uncomfortable and that only she knew.

The two friends walked toward Avenida Insurgentes, crossed through the bare gardens of Borunda Park, where flocks of students were strolling. La Gorda turned on the little street that led to the Burócratas neighborhood, and Cecilia walked on her own the rest of the blocks to her house in Las Palmas. Far removed from the noisy traffic of cars and pedestrians, the solitary walk transformed itself into an imagined journey.

Señora Quintela, midwife in a remote pueblo, crossed the threshold of an impoverished dwelling. A pale woman, drenched in sweat, repeatedly wet her chapped lips with her tongue. Laying on a rickety, wooden bed, she felt the fluids of childbirth just beginning to flow out of her. Hours later, in the midwife's hands, the newborn's light was fading. Immediately, she called for two washbasins to be brought, one with cold water and the other with hot. The mother's watchful eye followed the movements of Señora Quintela who submerged the child's unmoving body into one basin and then into the other, her whole heart invested in the endeavor . . .

At her house, Cecilia found her parents embroiled in a vicious fight. She listened to her mother's perpetual complaint—her father's absences and infidelities—while he argued in his defense that he spent all his time trying to provide economically for his family. Cecilia observed them a few seconds before going up to her room and trying to forget them. Due to her mother's efforts, she found her space clean and in order; far from pleasing her, her abnegation made her angry. At that moment, in the heat of the argument, her mother burst out crying hysterically, the sounds winding through the keyhole of the door. Cecilia covered her ears with her hands, closed her eyes, and for a few seconds saw Señora Quintela bathed in sweat with the child in her arms. Afterward she took the novel she was reading in the evenings from her nightstand and laid down on the bed with her shoes on.

When the house recovered its normal silence, Cecilia relaxed in the flow of sleep engulfing her, listening to the splashing of water each time the child's body was dunked in a different basin.

2

The time-worn building of the Secundaria del Parque—as the people of Juárez called the ocher-colored construction besieged by the thick mass of leaves on the ancient poplars—had no air conditioning. The students kept cool for the first few minutes of the morning, their clothing ironed and smelling of starch. By midmorning, June's intense heat and the breathing of fifty souls packed together in a room of average proportions forced the boys to undo the knots of their ties and to unbutton their shirts. The girls, on the other hand, could only fan themselves and modestly dry the sweat from their breasts.

That Thursday, Cecilia took a puppet to make fun of the teachers with La Gorda Molinar, who, as soon as she saw it, grabbed it and played with it until the Spanish teacher came into the room; then she threw it up into the air and screamed: "There's Señora Díaz!" One classmate caught it and threw it to someone else, then to another and another. When Señora Díaz came into the classroom, she found it unruly and loud, like a rugby game.

"Children! What's going on?" she screamed forcefully as the entire group returned to their seats, uninterested in the fate of the puppet that fell lifeless at Cecilia's feet. When she heard the question, she thought it was her responsibility to give an explanation and so she stood up.

"The puppet is mine . . . "

Rosario Sanmiguel

"Get out of my classroom right now!" Señora Díaz ordered without accepting any further excuses. Cecilia never imagined that this could happen to her. When the teachers kicked other students out, she also suffered from the embarrassment, but now it wasn't happening to anyone else. She was the one who had to leave, taking twenty steps to the front and five more to the right to reach the door. The class remained in complete silence. No one came to her defense. At that moment, Cecilia realized her error, her innocence, her own ridiculousness; as she was standing up in her white blouse, immaculate, determined to offer an explanation and an apology, useless gestures for an unhearing and intolerant authority. With her mouth dry from frustration, she hurried to collect her things and left.

Instead of waiting for the next class to begin, she decided to walk around the downtown streets, where the world, the real one according to her young mind, was not bound by laws or any authority that would prevent her from feeling free—to walk around and observe everything at her leisure, to imagine herself in childbirth, the anguish in her face, her body's struggle to release a new life, her open legs . . . Energized by the decision she had made, she set out on the Avenida Dieciséis de Septiembre. The first blocks, occupied by grand old mansions with stately façades, only offered her the solitude of their decorative gardens, or at most, a fountain with little colored fish, dying of boredom in their tiled circle. As she moved further away from the middle school building, the streets became more exciting and cacophonous, more promising. It was not until she crossed Calle Cinco de Mayo—the line that demarcated east from west in the city—that she really felt herself to be in control of her destiny.

After several hours of walking around streets and plazas, with all the seriousness of her twelve years, she arrived at a narrow and boisterous alley near the bridge. El Norteño was there with its eye-catching, turquoise-blue façade and its neon letters that lit up intermittently. She remembered that that was the place that Rosita, the woman who went to her house every Monday to iron, had mentioned to her. "That place never closes. You go there to eat *menudo* after drinking til the sun comes up." Without hesitating for a second, she passed through the heavy glass door, but first she dropped a coin in the hand of a blind man who was begging in the entrance to the café. Not out of compassion but out of a simple desire to graze the man's skin without being seen by him. Cecilia surrendered herself to the boisterousness of the old Spaniards playing dominoes, to the voracity of the drunks, to the oblique glances of the night owls, to the extended hands of the beggars who approached the tables, to the desperation of the deported. She wanted to devour the whole world in one day.

From her stool at the bar, she contemplated the human spectacle while she savored the cinnamon in her cappuccino's foam. All of a sudden, she felt a firm hand on her shoulder. Next to her was a body with its abdomen and chest protruding, with a small head and very short, clumpy hair.

"Give me a cigarette," the person ordered without releasing Cecilia's shoulder, while grasping in the other hand a long stick used as a cane.

"I don't have one, ma'am," responded the girl politely.

"I'm not a ma'am," replied the man with disgust. He was wearing extremely baggy pants and enormous work shoes.

"Sorry. I don't smoke, sir."

"I'm not a sir either," the woman clarified impatiently, sweeping back an unruly clump of her tangled hair that hung in front of her sore-covered lips.

The girl examined the body in front of her with her, looking for some enlightening clue. On his pants, she discovered old blood stains, and under her ragged shirt she made out breasts: withering fruits hanging from her torso.

Rosario Sanmiguel

"If you're not a man or a woman, what are you?" she asked maliciously.

"I'm Kalimán," came the response in an imposter's voice.

Kalimán turned around and left the café, as Cecilia stared.

3

In the deserted library, Cecilia read a biology book, obsessed with unraveling a slew of mysteries. She thought that knowledge about microorganisms or the reproductive stages of mammals would lead her to that comprehension of life that she was looking for, of its laws and her reason for being.

Every so often she would raise her eyes from the pages to look at the little garden that flourished, despite its neglect, on the other side of a large window that separated it from the reading room. She was distracted by a buzzing wasp that flew among the roses, tracing perfect circles in the air.

"Get out of the room immediately, Miss Riquelme!" She heard the order and trembled, but after recognizing the voice she snapped at La Gorda, who had snuck up behind her.

"I thought we were friends."

"Of course we are! Why do you think I didn't turn myself in? Because I knew that my friend Ceci would sacrifice herself for me without any problem. You know that *Sargent* Díaz would have failed me for the whole course, not just kick me out of class," La Gorda explained as she gesticulated ridiculously.

"Very funny, Gordita," replied Cecilia, more amused than annoyed.

"You felt really bad, huh? I thought so, but it's no big deal, you're not gonna die. Why didn't you come back to the other classes? Where'd you go?"

"Who told you I was here?" Cecilia asked, angry again.

"Your mom, why? Was it a secret?"

"Quit messing with me. Let's get out of here."

"And your homework?"

"I didn't come to do my homework."

As the girls left the deserted Tolentino library building, the warmth of the afternoon air reddened their cheeks. The birds in the trees were nodding off for the last few moments of the day, melancholy. On the way back to her house and after saying goodbye to La Gorda Molinar, Cecilia stopped thinking of Señora Quintela, Kalimán, and the other characters as she remembered Daniel and the incipient passion that he caused in her life. While the memory lingered in her thoughts, she felt nauseous and a light trembling in her legs. This happened to her quite often, but she didn't plan to tell her mother about it because she knew the uproar that would bring. Before taking her to the doctor, she would try to make her father feel guilty for not taking care of the family. Cecilia wouldn't say anything to her yet.

When Cecilia arrived home, she remembered her stomach was empty. What a relief; that was definitely the cause of her discomfort. She found her mother in front of the stove, neither cooking nor cleaning. On the burners a few handkerchiefs and a shirt ripped into shreds were on fire. Her mother was weeping softly. The weakness she saw in her mother was impossible to comprehend. It irritated her, and because of that, she forced herself to ignore her pain and be stronger than her. Fascinated by the flames, she moved closer to see the clothing burn. Speechless. She would never be able to forget the scene, her mother defeated, her face hidden in her hands, the whimpering, the handkerchiefs in flames, the crackling of the lipstick kisses. Cecilia was deceiving herself, the crying echoed in her ears, burned her throat. *The midwife submerged the body of the newborn in cold water then in hot water then in cold water . . .*

Cecilia went up to her room, put on her nightgown, got into bed, and tried to read. The sheets were white, clean, and fresh; despite that, she felt very hot and couldn't concentrate on her reading. The summer and so much turmoil. She left the bed to look for her mother. She found her in her bedroom asleep, overcome by her crying. She looked with compassion on the serene, sleeping face and felt an intense desire to kiss her lips; only the fear of waking her prevented her from doing it. Back in her bedroom, Cecilia removed her nightgown and laid down on the sheets. She was restless, her hands moved along the length of her own body, the rise of her breasts, her flat stomach, her soft pubic mound. Her fingers played with the fuzz that covered her youthful sex. No one would think that I'm still a little girl, she whispered distressed. Her body and her emotions were not in harmony. She felt nauseous; the delay of her first period disturbed her. She lowered her hand a little further, her fingers pressed into her pubic flesh until she found a pleasurable feeling. A few minutes later she too fell asleep.

4

Cecilia arrived late to the first class of the morning. Without saying a word, she walked across the room and went to sit down in her place, the second to the last desk in the first row. Beginning that moment when she was kicked out of the classroom, her attitude toward the authority figures of the school changed. If they were not capable of listening, they did not deserve respect. She loudly placed her books in the storage space inside her desk and ignored the teacher who walked toward her to return a test. The teacher, so as not to miss the chance, added a sarcastic comment about her low grade. Immediately she heard La Gorda whispering in her ear, without a doubt mimicking him. The bell had hardly rung and the class ended, when La Gorda stood up without waiting for the teacher to leave the room, gathered up her books, told Cecilia to hurry, passed in front of him, and left without saying good-bye.

"You're out of control, Gorda! If you keep this up, they're going to expel you," Cecilia warned her when they met outside the classroom.

"That old guy wouldn't dare," she answered with a defiant tone.

"He can fail you."

"I don't think so. I still have the finals to get my average up."

"You've got final exams? We've got them together!"

"You've never had grades so low, huh?"

"No, to tell the truth, never."

"I can tell. You look like a nerd, like a little rich girl from a convent school."

La Gorda laughed loudly, covering her mouth with her fat, little hand. She liked to mess with her friend as a way of showing her affection. From the first day of class the two had liked each other. La Gorda's irreverance was attractive to Cecilia. The apparent tranquility of Cecilia's white blouses and her perfectly ironed uniform attracted La Gorda.

"Hey, why do you wanna study natural science so much anyway?" Gorda asked, wanting to make fun of her some more.

"I already told you I want to study medicine." She responded in such a way as to make La Gorda think she had asked something stupid.

They headed to the café in front of the park where they met Daniel. As soon as he saw the girls, he left his group of friends and stood at the bar next to them. After saying hello, none of them said another word. He played for a minute with a cigarette he was tapping on an ashtray, then he lit it only to put it out immediately. La Gorda thanked him with a sarcastic smile. While the boy anxiously drummed his cigarette, Cecilia looked at his pale, nervous hands, his knotty fingers. Once again she felt a discomfort in her body, a weight on her chest, aching muscles, weak legs, a light dizziness. The arrival of a group of boys announced the class period had ended. Daniel and La Gorda left quickly, but Cecilia did not have the will or the concentration to continue her day. She said goodbye to them and headed to her house, thinking that it was finally time to talk with her mother about what was happening to her.

She didn't find her at home, but in that moment she no longer felt the desire to speak with her. She preferred to go on a bike ride through the cotton fields that were still left in the area around her neighborhood. That always provided her with a sensation of being free. Only a few days were left before the onset of the longed-for summer vacation. Eight weeks to ride her bike and read until dawn, she thought as she went through the dried bed of the irrigation ditch that lined the cotton field. She pedaled slowly as she imagined another story:

Joaquín and Eloísa go hunting with a group of friends. They leave Chihuahua in three trucks headed toward the mountains. It's very cold, and alongside the road there are patches of snow. They arrive in the afternoon, several hours before night falls. A few people put up tents while others prepare a bonfire. The campsite expands into three tents, one for women, another for men, and the third to store the food, tools, and rifles. The first night there is happiness. They go to bed early, impatiently anticipating the beginning of the hunt on the following day. Joaquín kisses Eloísa on the forehead, and she retires to sleep. No one suspects her plans. The next morning, they leave in groups, but Eloísa gets lost. No one misses her, not even Joaquín, until they hear a far-away gunshot. They look for her and find her about an hour later. Eloísa is unconscious and splayed out on the ground with a bullet hole between her heart and her shoulder.

The blood gushes out dark and thick . . .

An animal on the ground a few meters away from her in the middle of the path interrupted her story and prevented her from continuing. Cecilia got off her bicycle and cautiously approached until she was only a few steps away. It was a dog expelling its offspring from its entrails. As the dog gave birth to each one of the five little bundles covered in blood and slime, Cecilia was startled, confused by her emotions. She remained there for a long time, quietly observing the palpitating bodies attached to the dog's udders. She suddenly felt that she had discovered a mystery.

On the way back, almost at nightfall, she made a long detour to pass in front of the house of her friend. She found Daniel seated on the curb of the sidewalk. She pedaled faster.

"Cecilia, wait! Where are you going?"

"Home," she said as the boy came up to her.

Daniel grabbed the bike by the handlebars. She understood that she should give him the bike seat and ride standing up on the pegs.

"Go to the fields," the girl ordered mischievously, "I'm gonna show you something."

5

The June sun dyed the sky a clean blue: the summer vacation began. As their first activity that afternoon, Cecilia and La Gorda planned to go to the movies. They wanted to see a Jerry Lewis movie.

"Look who's over there!" La Gorda said in a loud voice as soon as they set foot in the lobby of the Variedades movie theatre, pointing at Daniel with her index finger. The boy was standing up, faking like he was reading the posters.

"I already saw him," whispered Cecilia.

"Hi," he said, pushing a heavy wave of hair off of his forehead.

Rosario Sanmiguel

He was fourteen years old, and his skin was speckled with tiny, pink pimples, like he had a rash. He was always smiling, and his movements betrayed his vulnerability. He didn't know what to do with his body or what its place was. He didn't know he was handsome either.

The three of them agreed to sit in the last row, Cecilia in the middle. It was the first time that she and Daniel had seen each other somewhere besides school or their neighborhood. She enjoyed how close the boy was to her, and that afternoon, encouraged by the darkness of the theater, she felt like never before the desire to touch his hands. She didn't dare. Instead she withdrew into herself, a territory that offered more safety and mystery.

On the way back home, they walked together. The city began to come alive at night: there was activity behind the windows, the kids running from one side of the street to the other, the women talking about their things on their porches, the men smoking outside, the couples disappearing around the corners: everything stimulated the burning desire of the girl.

The next morning Cecilia discovered blood stains on her underwear. With pleasure, she felt the dry surface of the stains on the purity of the cotton cloth. Finally, the new intimacy of her body flowed plentifully. Light and serene, she dressed to leave.

The day was clear, too clear. The sun set the tree foliage afire, burning the roofs of the houses on the edge of the road. The hot air suffocated the flowers in the gardens. The blue sky, streaked with clouds, unfolded itself over a long, gray tongue of asphalt that was lost in the greenness of a cotton field in the distance. In the center of this summer landscape, mounted on her bicycle, Cecilia moved away steadily until she turned into a reddish, vibrant stain.

Moonlit in the Mirror

to Emma Pérez

I. Copper and Luna

March arrived one frigid morning. The grass extended in yellow-green patches over the short hills and depressions. The frost covering the grass and the foliage lent Memorial Park the appearance of glass. Far above, the firmament, dense and tinged with violet and pink, wrote a prologue for another day for Nicole Campillo, who, as she filled her teapot with water, looked out from her kitchen window upon the horizon, full of lights. She gazed at the wide, luminous strip formed by the two cities in the distance, and a shard of moon that barely projected through the clouds. Perhaps the silence or the undefined light of the early hours of the day was the cause of a vague sensation that began to roll around inside her, perhaps it was some memory that she couldn't specify. She looked curiously through the window. The half-light that still enveloped the things of the world said something to her; nevertheless, it was not the half-light but the whistling of the teapot that made her remember a hint of her adolescent face—the eagerness of her lips.

There was no time now to pause to clarify memories. It was more important to organize the activities for that still wintry Monday. She prepared instant coffee in an insulated mug that she placed on a silver tray upon which a monogrammed "A" in Gothic type was engraved. Nicole left the cold, white kitchen and went up to the studio through the service stairs that connected the three floors of the mansion on its rear side. In this way, she avoided the trip to the living room, where an elegant staircase rose with carved balustrades and a small carpet in the middle, and the insidious creaking of the oak floor at each step. It was still too early to wake those who were sleeping.

The furniture in the studio was her own. She had removed an old velvet divan and a coffee table from the space that had traditionally served as a small smoking room and installed a pair of metal bookshelves. In one, she kept a portion of her books on law and in the other close to two dozen Mexican novels. The rest was covered with papers piled up messily. She had also placed a heavy desk in front of the window. Except for the dark leather chair that had belonged to her father-in-law, she had purchased everything at a secondhand store at the beginning of her career. After making room between the mountains of papers that were on her desk, Nicole began to prepare Guadalupe Maza's documents. She believed in her own abilities, having spent the last five years defending *indocumentados y migrantes.* There were very few cases she had not achieved at least some minimal compensation for the defendants. In this situation, the case would be difficult. She had reasons to doubt the outcome. Dick Thompson was the son of the president of the Chamber of Commerce, a wealthy and influential old man, a friend of Arturo's family to whom *they* owed several favors.

After several hours dedicated to reviewing the documentation she had on the case, Nicole, still dressed in a long flannel nightgown, went down to the dining room to eat breakfast with her husband. Arturo smelled of cologne and was dressed impeccably: grey wool pants, white shirt, and a black cashmere sweater with leather elbow patches that buttoned at the front. He was reading the *El Paso Times* in the same place he had occupied for forty years. In a half hour, he would stand up to go to his business. His routine was to open at eight o'clock on the dot every morning. Not one minute later.

"Good morning."

Nicole sat to one side of Arturo. She inhaled deeply the fragrance given off by his body, freshly shaven, and the aroma of recently made coffee.

"Good morning. I didn't notice when you got up. You should rest a little more, don't you think?"

"I couldn't get to sleep. Besides, I had a lot of work."

"I guess you'll move ahead on the Maza case, right?"

"That's my work," responded Nicole quite forcefully.

"Another lawyer at the firm could take it. Why does it have to be you? My wife?"

"What are you worried about? My health or damaging the friendship that you all have had with Thompson?"

"I don't give a damn about my father's friendship with Thompson. What concerns me is that he'll find really good lawyers to defend his son."

"Are you trying to say that you don't think I could win this case?" Nicole asked, her cheeks on fire.

"The only thing I'm saying is that I'd like for my wife and my son to be calm. I'd like for you to stay in the house while you're pregnant. I don't think that's too much to ask."

Nicole didn't mean to give in, but as the argument would have been long and heated, she preferred not to respond. There would be time to argue about it later.

"Forget it. You know better than I do what you need to do," added Arturo in a conciliatory tone after thinking a few seconds.

Nicole stroked his hand. He wore his wedding ring on his ring finger.

"Tell me, what happened?" he suddenly asked interested.

"Dick Thompson and a friend showed up one night in the house. They were taking advantage of the fact that his parents were on vacation. According to what Guadalupe tells me, they were only there a short time, but later, in the morning Dick came back alone."

"Poor girl. I understand your interest, but besides being a lawyer, you're my wife and I have the right to ask you to take care of yourself. I need you too," Arturo emphasized as he stood up. He glanced at his wristwatch, kissed Nicole, and left the dining room quickly.

For a woman who spent a good part of her childhood summers working in the *pizca* from dawn til dusk in the South Texas cotton fields, Arturo's worrying seemed excessive. Appearing before a judge or confronting a white lawyer, or several of them, wouldn't be more difficult than being seven years old and following your mother carrying a cotton sack with your fingertips inflamed and bloody. Nicole was thirty-five years old, and this was her first pregnancy. It was necessary to take precautions, but she didn't want to stay at home, she had too many things to do.

Nicole Campillo left the Alcántar's mansion at the corner of Copper and Luna. Before starting her late-model Honda, she looked in the direction of the park. The sun had begun to warm the newly verdant trees. An elderly woman wrapped up in an old raglan sweater, pulled along by a little sausage dog that forced her to walk quickly, said something to her with a wordless voice, like the noise of bubbles bursting. Nicole answered her with a quick movement of her hand and started up the car. In twenty minutes she arrived at the corner of Seventh and Mirtle, parked her black automobile, and entered through the main doors. A placard in the window said Fernández, Fernández & Campillo, Attorneys at Law. Through the Fernández family, natives of the region, Nicole got in contact with Kenton, the priest who directed the Refugio Católico para los Indocumentados; they occasionally assisted with cases that didn't require too much of their time.

At that hour of the morning, she already had several messages from Kenton. A reporter from the *Diario Hispano* was trying to speak with Guadalupe Maza. She was interested in exploiting the news further for partisan reasons. The city's mayoral hopefuls were beginning to plan their electoral strategies. On the other hand, Guadalupe Maza wasn't even news for the conservative El Paso newspaper. In the circles in which Thompson moved, the young woman was just a necessary evil, if that.

Nicole listened to the rest of the messages, among them one from Arturo. "I'll wait for you at the Dome Grill at six o'clock this evening."

The stethoscope on her naked back made her tremble lightly, raising the tension she felt. The doctor was a thin, tall woman who moved around her office with a certain slowness, perhaps with too much concentration on her routine. Her face had sharp features and her eyes were very close together; it seemed they looked at things more than was necessary. Nicole liked the doctor, an Indian who pronounced her words clearly, as if she feared not being understood. She inspired confidence in Nicole. She felt secure, but the vaginal contact would come soon and she was too sensitive to everything related to the body, its organs, palpitations, liquids, blood. The doctor ordered and listened, ordered and listened. And Nicole, obedient, also breathed deeply to relax. Later the thought left her; her memory handed her another piece of the adolescent face which that morning had emerged like a blurred reminder.

The doctor returned her to the examination table with an authoritative voice. Her white, starched lab coat stimulated her patient's nose, smelling of recently ironed starch. "Lay down, bend your legs." A few strong, steady fingers entered her. The uterus is a passageway, thought Nicole trembling while she watched the yellow light on the ceiling. With her legs open as she was, she felt completely unprotected. The doctor asked what she needed to know and Nicole responded with short phrases.

"Why are you so tense? Is something wrong?" The doctor inquired as she removed her gloves.

"No, nothing. Only that all this makes me feel vulnerable," she answered ashamed, as if it were stupid what she had just said.

The odors of the office, the medications, disinfectants, and fresh starch aggravated her, provoking nausea.

"Do you want to go to the bathroom?" asked the doctor when the patient covered her nose and mouth with her hand.

Nicole shook her head.

"We're almost finished. Everything is fine. Sit down again."

"It's opening the passageway that leads to my insides. I know it's a ridiculous idea, that all this is completely necessary, but that's how I feel," explained Nicole.

The doctor listened attentively to her patient's words and nodded her head even though she did not agree. For her, the examination routine was devoid of any subjective interpretations. Nevertheless she understood what Nicole was feeling at that moment.

"We're almost finished. I only have to examine your breasts," she added maternally.

She took a breast and weighed it as if she were balancing an apple in the palm of her hand. She did the same with the other. Afterward she asked her the last date of her menstruation. She did a few calculations and declared: you'll give birth in approximately twenty-four weeks.

"Six moons," responded Nicole thinking out loud.

II. Cotton Field

The wooden house beside the muddy road was still immersed in darkness when Nicole's mother awoke. While she was changing her clothes, she remembered that the girl turned nine years old that day. It was the month of June. She and Nicole toiled in the fields under the South Texas sun. The girl knew how to separate the cotton boll from the calyx, how much the full sack weighed, and how the pricks from the cotton on her fingers burned.

The woman brushed her hair and covered it with a scarf tied under her chin. She changed out of her white cotton nightgown, wet from the sweat on her back, and put on a light blouse with long sleeves and a full, wide skirt. Standing in front of the medicine cabinet mirror, she remembered her grandmother's words. She said that with the passage of the years Nicole looked more like her mother: her narrow eyebrows, arched and black; green eyes; small, rounded nose; wide mouth; and pronounced chin. The woman didn't want Nicole to repeat her story. If the girl looked something like her, she rejected it with all her soul. Nicole would be a different woman.

With that thought in mind, she hurried to leave the bathroom and headed to the kitchen. She hardly had the necessary time to prepare flour tortillas and the potato and egg mixture that she would take to the *pizca* that day. When she had lunch prepared, she woke Nicole, who, half asleep, could barely hold upright the cup of oatmeal her mother gave her as breakfast. Minutes later, the two women walked alongside the train tracks, Nicole behind her mother. She was determined that her daughter not migrate, as she had. She had followed the migrant route out West with her parents, as they had at their time with theirs. The generations went back to the middle of the nineteenth century. The story would be different for Nicole. Her mother would go to the fields and leave her in her grandmother's care. She wanted an education and a sedentary life for Nicole. So that's what she did. When the season ended in the nearby towns, she said goodbye to her daughter confident in her decision. She walked away quickly along the narrow path that separated the house from the main road.

The girl felt a very slight tremor that grew little by little. The ground, the house, and her body were shaking. She followed her mother with her eyes the entire time the train was passing, several meters from the backyard of her grandmother's house. She moved away from the window and tried to distract herself to hold back her tears. She went out into the yard and the only thing that occurred to her was to sit in the rocking chair and watch the clouds that were crossing quickly across the sky—full of remorse, listening to the whistle of the train in the distance.

Nicole went out into the warm humidity of the morning and walked along the narrow, muddy pathway that crossed the barrio between the wooden shacks. An intense pain hammered the pit of her stomach. The long trek from her grandmother's house to the elementary school was the most difficult in the last stretch. There, Martín, a widower with old muddy boots, would block her way with a candy in his hand—if he wasn't attending to the people who ran to buy their breakfast milk at the last minute. She struggled with her repugnance at his rough, overgrown moustache and his tobacco-stained teeth, but above all at the hint of a rancid odor that his body emitted, that anyone would notice from several feet away. When she reached out her hand to take the candy, Martín the widower said to her in the best of tones, "This afternoon I'm going to have a peach pie for you in the kitchen," and he hurried back into the store because the Krepfel sisters, with their nightgowns still on, were standing among the plaster mannequins and were criticizing everything happening on the street with their tiny blue eyes.

The Krepfels were twin sisters. At fifty-something years old, they wore the same cotton dresses, were both single, and attended their religious services every Sunday at ten o'clock in the morning, with their requisite wide brim hats and brightly colored ribbons. Nicole and her grandmother, on their way to Saint Jude Church in the center of Yorktown, would cross paths with the twins whenever they came out of the shop's back door on their way to the Protestant church.

Nicole's grandmother was an expert seamstress and had worked for the ladies for many years. But the Krepfel twins never acknowledged her if they ran into her outside the store. Her grandmother didn't even look at them. If the ladies, proud of their German heritage, considered her inferior for being Mexican, she despised them as well. She understood that the dress shop and the Protestant church had ended up suffocating them. The old woman recounted how the Krepfel twins regretted having lost the only man who loved them both equally.

Bent over the sewing machine, Nicole's grandmother laboriously completed her work in the back of the shop. Through the screen, she kept track of the rare motion that normally occurred on the back street. But, one morning in June, Nicole's grandmother watched with surprise as a well-dressed man carrying a yellow leather suitcase emerged out of the thick curtain of water formed by the rain. Without knocking on the door, the man came into the dressmaking workshop, greeted her amiably, and sat down in a chair close to the sewing machine. Immediately, he began a conversation with her grandmother, nothing that she hadn't heard before, the daily goings-on in the nearby towns, the work of the harvest, the bad weather, and so on. But, as it happened, one of the twins overheard him talking and noticed a strong foreign accent and, thinking that he was her employee's family member distracting her from the sewing, went to see him off. The man, as soon as he saw the first Krepfel, was fascinated by the innumerable freckles that covered her face, neck, legs, arms, and hands: everything that he could have possibly seen with a quick, indiscreet look. He stood up and offered her his hand, "Atila Hassam, at your service, ma'am." Afterwards, he explained to her—without letting go of the milky white hand the twin held out to him and that appeared more like a trapped bird in the man's strong, dark hand—that he had dared to enter while the thunderstorm passed. The twin listened to his reasons without paying much attention, listening to the words of that dark, muscular man, with his box-shaped head bordered by black curls, to the murmur of his voice and the rain.

When the other twin appeared, the scene not only repeated itself but the gluttony of the visitor grew before grandmother's mocking eyes. Dazzled by the sea of freckles stimulating his imagination, Hassam the Turk extended his hand again and caught for a few moments the languid, pale bird that the other Miss Krepfel offered him. The three remained standing, contemplating one another in a perfect love triangle, while her grandmother made her sewing machine buzz and the rain beat back the intense heat of the morning.

After that first encounter, the Turk would spend long evenings in the home of the twins. After proffering the life insurance policies he sold in his customary trips around the town, he would enter the dress shop through the back door. The sisters would wait for him with the table set: an array of salads, sausages, rye bread, fruit, and abundant beer that only the ladies drank. Atila Hassam made them laugh with his stories from the road. After the dinner, the Turk would go to the workshop where many nights her grandmother was still working. Behind the screen, he would undress but keep on his little bikini-style underwear with a leopard print. Atila Hassam would show off his marvelous musculature to the twins, as long as they promised to rub his torso, arms, and legs with oils. One on each side. The Turk's curly mane would shake loose with the suggestive contortions his athletic body undertook for the Krepfel ladies. After many nights of amusement, the bodybuilder lowered his bikini to brazenly show them the tattoos on the side of each of his buttocks: a nymph and a mermaid. According to him, they represented the sisters. He had them drawn in New Orleans. The story he told them when he showed them the artwork on his body combined a dream, a desire, and a fact. That night, the twins experienced an unimaginable lovemaking session with the Turk that would accompany them as a memory for the rest of their days. They didn't understand when he bid them goodbye forever the following morning, they were still in ecstasy from the amorous skills of Atila Hassam. The Turk gave them, as a token of his generosity, a chain that he wore around his neck and from which hung a silver half moon.

Years later, when Nicole would pass quickly in front of the shop windows in the morning—the Krepfels would shake the dust from their wedding dresses very early—she would feel upon her the cold looks of the twins and the mannequins. She would turn the corner, cut diagonally through the gas station and arrive alert to her classroom. Her teacher would be waiting for her there, with her pale, petrified face like a bust in a cameo, ready to reprimand her if she caught her speaking Spanish.

Nicole hated the cotton fields because they took her mother far from her side. But finally the day arrived when she came back to stay. She was forty years old; her entire life had been spent doing farm labor. She would never again have to wake up early to provide for her daughter. She was accompanied by Jim, an older man who each month received a respectable pension from the government as payment for his services in road construction in Wharton County and who thought to share his check and his old age in a comfortable trailer home with Nicole's mother.

The moment had arrived for Nicole too. Everything was ready for her to continue her university studies in Houston. She would leave Yorktown forever but carry in her memory the *pizca* that had seen her mature through bitterness and abandonment.

III. El Sagrado Corazón

Nicole went to the Segundo Barrio, spread out on the bank of the Río Bravo. Its dirty, narrow streets were flooded by stores, owned by Koreans and Arabs, selling electronics, used clothes and trinkets. At the corner of Stanton and Rahm at that early hour, there were just a few people grouped together looking for rides to Juárez, trying to avoid the fee to cross the bridge or just the effort it took to cross on foot. The penetrating smell of recently baked bread from the green-tiled Rainbow Bread building, wafted in the air and mixed with the smoke fumes. A few blocks from there, after walking past shoddy, tall buildings, clothing hung from balconies, graffiti, *cholo* scribbling on the walls, and the occasional Chicano mural, a solid edifice covered with red brick stood out. It was the Sacred Heart Catholic Church with its bastardized architecture, with no vestibule and only one low tower. The façade of the building rose up in front of the place where Azuela wrote *Los de abajo* in 1915, a large ramshackle house now just a modest building of low-rent apartments. The back part of the Sacred Heart was home to the Refugio.

Nicole parked her car in a nearby alley. She got out and was followed by the insistent stares of the vagrants who drank beer from bottles concealed in paper bags, crowded together in the alleyways. When she arrived at the church, she made her way through the crowds resting on the steps waiting for someone to come and offer them a job for the day. She avoided them and entered directly into the office of Father Kenton who was in charge of the church and the organization.

At eighty years of age, Kenton maintained a great vitality, evident in his easy gait and in the rich timbre of his voice. He always wore his cassock and gave the impression of excessive cleanliness. Nicole respected him, not for his religious vestments, but rather because she thought he was an honest and useful man.

"Come in," said the priest when he saw her come into the hallway. "How are you, *hija*?"

"Fine, *padre*, thank you."

"I called you because I wanted to make sure I was doing the right thing."

"You did well to call me, *padre*. I want to be more careful this time. I thought it would be much better for Lupe not to speak with anyone. From outside, I mean."

"I think so too, *hija*. An agent from Immigration visited me. They want to deport Guadalupe, and I think Thompson is responsible for the complaint. You have to help me take care of that as soon as possible."

Nicole left the director's office and headed to the women's pavilion. She wasn't worried about what the priest told her. Guadalupe's migratory status was just one more case she had to fight, and, anyhow, immigration problems were what she understood best. A nun took her to a little room where she waited for Guadalupe Maza for a few minutes. That part of the complex was sober and humble: vinyl armchairs, spotless floors smelling of disinfectant, and walls covered with religious images.

On one of the walls, a solid shelf supported several lit candles in front of an enormous painting of the Sacred Heart of Jesus. The one that Nicole's grandmother had in her room was of the same size, but that one, adorned with a wood frame carved three inches wide, would rest on a table where, besides the candles, a myriad of brass *milagritos* were pinned to the tablecloth. For Nicole, these home altars, the candles lit day and night, the rosaries, and the images of suffering, were bound up during her childhood and adolescence with the shame of being poor. Nevertheless, by dint of visiting the Refugio and finding the Sacred Heart, now she saw it with different eyes. She even thought she understood the reasons behind her mother and grandmother's fervor for those painful images.

Standing in the middle of the room, Guadalupe patiently waited for Nicole to finish contemplating the image. She was a timid nineteen-year-old Mazahua girl, born in the Revolución Mexicana neighborhood, a place where the Mazahuas had begun settling a half century before as they came from the state of Mexico. Lupe understood her parents' language, but her dominant language was Spanish, laden with local slang and even more words in Náhuatl that she heard at home. Guadalupe spoke the Spanish she had learned playing with other Mazahua children in the streets of her neighborhood; the one she read in the free textbook during the three years she attended elementary school; the one she heard from passersby on the sidewalks in the city's downtown, where she sold American chocolates with her mother and her younger siblings; the one she discovered alongside the other women working on the never-ending assembly line at General Motors, tying harnesses; the Spanish that was spoken in the home of Mrs. Thompson who, because she employed Mexican women in her service, could express herself enough to communicate with them.

Guadalupe Maza wore a light blue jumper and a white blouse, a black sweater, thick nylons, and black, rubber-soled shoes. It was the uniform of the wards, the girls and young women the nuns gathered from the street. But Guadalupe was not only dressed like the nuns but also had the same expression as them. Her dark eyes, wide mouth, the smile that revealed big, white teeth, her whole round, dark face spoke of tranquility. Nothing indicated that she had arrived here through the intervention of a nurse who attended to her after the assault, the one who called Father

Kenton to ask him to come by to pick up a young undocumented girl from the county hospital. It seemed to be the opposite, that Guadalupe had voluntarily become part of the congregation and that Nicole was only a friendly visitor.

Nicole extended her hand and invited her to talk. Later, she questioned her in a Spanish permeated with English words and pronunciation—the one she had learned from her mother and her grandmother and that much later, during the first years of school, she was forced to bury in the depths of her consciousness.

Guadalupe Maza responded, in clearly Juárez-accented phrases, that the morning of the assault, Dick showed up half-naked in her room, barefoot and with a pistol that he pointed at her forehead to intimidate her. She said that instead of ceding to the young man's demands, she prayed out loud, which disconcerted him as if the prayer had taken him by surprise and even frightened him. She said she got out of bed to fight Dick off. Retaliating, Dick threatened her with death and shot the gun in the air, but he didn't get the Mazahua girl to submit to him. She was in shock—afterward the doctor who attended to her in the hospital would confirm it—and that was the only way to explain how she had defended herself. Guadalupe paused in her story to get a drink of water at the fountain in the hallway and, she took a few more seconds to think about how she would tell Nicole that she was not interested in continuing with the case. The night of the assault was far behind her; all she wanted was to join the religious congregation. She felt that things were settling inside her, that she had found her place in life. Despite the increase in her cleaning duties, she felt satisfied; life was much more kind in this place. She couldn't understand why Nicole thought it was so important to continue with her defense, when she thought that if not for surviving that violent incident, she would never have arrived at the Refugio. Guadalupe felt compensated. Nicole, on the other hand, was willing to make use of all her resources to win the case. Guadalupe was not a helpless indigenous woman, and neither was Nicole a defenseless Chicana. The two were women without privilege, accustomed to daily struggle, children of migrants. Now Nicole knew how to assert her rights and those of Guadalupe.

Seated in front of her, Nicole questioned Guadalupe about her stay in the Refugio. She took up the issue of the assault once again. Guadalupe Maza spoke in a soft voice, pausing often; she had an evasive look on her face. She was a very timid girl, and, she was feeling ashamed.

"I want to tell you that what I told you before is everything I remember." Guadalupe Maza rested her hands in her lap, one on top of the other. Her black eyes were very attentive to Nicole's reactions. "Don't be angry with me," she said, "but I don't want to go on with the suit anymore. I'm happy to be here and I want to stay this way."

Nicole understood her reasons, but she was not willing to let Guadalupe give up so easily. "If we don't fight to punish Dick Thompson, the weak will always be under attack. Defending you is like defending other women who've been raped. That's why I'm asking you to help me. Don't just do it for yourself, do it for the other women," Nicole explained emphatically.

Guadalupe listened but she didn't understand Nicole's reasons clearly. She thought she had to be full of pride to think herself capable of changing the world—something out of the reach of one human being. For her, good and evil fought in other ways, on planes far from human will. Guadalupe watched Nicole while she thought about her response. Before her, she saw a woman driven by goodwill and naivety.

"You are a woman with faith," she finally responded with a measured voice. "I'll only help you because of that."

"It's the other way around, Guadalupe. I don't have faith, but I believe in what you and I can do together. I need for you to understand me."

"I don't understand the laws, but I know they're not good things," she said with her dark eyes fixed on Nicole's greenish ones.

"It'll be different this time, I assure you. But there's a lot to do. We have to sort out your legal status in this country for as long as the case lasts. Afterwards we'll see what we can do so you can enter the congregation, on this side or on that one, if that is what you want. For now, keep talking to me. Please tell me what else happened."

The Mazahua girl told her how she had been able to wound Dick Thompson with a small bronze angel that her boss displayed on a coffee table. Guadalupe had hit his sternum with such force that, besides making a dry sound when she crashed into the bone, forced him to stoop over and back off for a few seconds. But Thompson recovered with even more hate, and he dealt her a blow on her temple with the butt of the pistol. According to Guadalupe Maza, after the impact she saw tiny stars, but, between her prayers and great effort, she was able to remain on her feet.

Nicole said goodbye to Guadalupe, convinced that she would win the case. She spoke with Father Kenton and they agreed on how they would proceed when the men from immigration returned. Before leaving the building, she decided to enter the church. She had a deep interest in Guadalupe Maza's case, but she did not want to be condescending. At all times she tried to be rational, but on this occasion she was not able. It had to be the pregnancy that was making her sensitive, open to doing things like sitting in a pew inside a church, that she would not have done at any other time. Maybe Guadalupe Maza represented a symbol that she had to maintain intact in her consciousness, or defending her was the pursuit of an ideal of justice, or it was her own pain, her shame, and her rage that found vengeance in the confrontation between Guadalupe Maza and Dick Thompson.

Surrendering to the solitude of the church did her well; it was so peaceful that she lamented not having done it before. A *Padre Nuestro* emerged from her mouth in a whisper. Later, when she opened the door to leave the church, Nicole found the steps empty. In the distance, she saw the Southern Pacific boxcars advance slowly on the train tracks. Up above, the sun journeyed toward the west. On the other side of the river, Guadalupe Maza's vast and turbulent city stood in relief against the gray-blue sky.

IV. Winds from the South

Arturo's grandfather had settled in Sunset Heights in 1911, a neighborhood of mansions built with Southern influences at the top of a hill. From this elevation he could see the restless, dusty city on the other side of the river. *Paso del Norte* was, like the rest of Mexico, living through the vicissitudes of armed uprising.

Don Manuel Alcántar watched with disgust as the first hordes of campesinos fled from hunger and gunfire. The immigrants were subject to a humiliating sanitary inspection by the North American authorities as soon as they crossed the feeble wooden bridge—the Santa Fe—strung across the river. Afterward, they integrated themselves into the squads of blacks and Mexicans who were building the Southern Pacific railway.

This man from Chihuahua, who had moved north of the Bravo to protect family and fortune from the instability of the armed movement, disdained everything around him. He lived obsessed by the memory of the world that he had left behind: Chihuahua, the somnolent city where he was born and expanded his family fortune.

He missed the Paseo Bolívar, summertime walks under the green vault formed by the intertwined branches of the high crowns of the poplars. And the lively nighttime festivals in Lerdo Park as well. He longed for the Plaza Hidalgo where he enjoyed having his ankle boots shined after attending to his affairs in the Palacio de Gobierno. But what he yearned for most was his Sunday stroll accompanied by his wife, who died soon after moving to El Paso. First, mass at eleven in the cathedral. The Chihuahuan high society could be found there attending religious services dressed in full regalia. Outside the drivers were waiting in carriages drawn by beautiful horses elegantly adorned with mantillas and headpieces. After mass, the stroll from the Plaza de Armas to the Plaza Hidalgo and returning by way of Calle Libertad, the aperitif in the grand ballroom of the Hotel Palacio.

Don Manuel Alcántar spent the last years of his life immersed in these memories. One morning in April, a bad dream woke him. Riding on horseback through a part of the sierra that he knew since childhood, he crossed a rocky arroyo and followed the base of the mountain until he entered a canyon. All of a sudden, he saw a wild cat jumping down from the high peaks. He saw it descend slowly at the same time as he, frightened, dug his spurs into the light-colored horse he rode. His animal started to run, but the feline kept descending in his direction, showing off the power of its teeth and the sharpened edges of its bare claws.

Don Manuel opened his eyes, terrified. It was 4:15, forty-five minutes he would normally wake up. He got up and yelled for his maid. While the woman provided him with clean clothes and prepared his *café con leche*, Don Manuel cleaned himself up and trimmed his thick, grey beard. Once dressed, he walked down a long hallway to go to his office at the other end of the house, where he did his customary calculations for several hours. He was preparing to invest a good quantity of money in real estate. The concentration that those calculations required from him did not prevent him from groping his maid each time she came in to serve him more coffee. He squeezed the upper part of her thighs, her buttocks, and her breasts, but nothing else. He would smile pleasantly. The old man was repugnant to the young girl, but she knew that despite all his lasciviousness, his lack of strength wouldn't allow him to go much further. As he touched her, she looked away and waited. As soon as Don Manuel would let go of her, she would straighten her apron and leave mumbling curses under her breath.

At eight in the morning, Don Manuel left his house. His driver kept to the bank in his brand-new Ford. The manager was waiting for him there, a neat, ruddy redhead that kept his bank accounts with such zeal it was as if they were his own property. They spoke for thirty minutes, then Don Manuel pushed open the heavy bank door and left, completely convinced of North American efficiency in financial matters. He crossed two streets, Mesa and Mills, making a right angle. At nine he had a business breakfast meeting with a new partner, a Jew recently arrived from Chicago. He seized his gold watch chain and glanced at his Hamilton: he still had ten minutes. Don Manuel Alcántar, not suspecting that they were the last minutes of his existence, stepped into the bustling Plaza San Jacinto with complete confidence in the success of his businesses. Not even the bad dream from that morning caused him to doubt himself for a second. As he passed by, the doves, which had come down to pick at the peanut shells a few children were throwing on the ground, jumped from side to side. Don Manuel brandished a cane with a brilliant, polished small handle to help him walk and make his way through the birds.

At that hour of the morning, the plaza was very busy. The recently arrived Mexicans without anything else to do would gather there. A few would recount innumerable exploits that starred Pancho Villa, others lamented the hunger they had suffered and the difficulties they faced coming North. Everyone, as they talked, alertly observed the lazy movements of the alligators in the artificial ponds spread out in the center of the plaza.

Don Manuel was on his way to the Hotel Paso del Norte on the other side of the plaza. The landowners of Chihuahua stayed there. It was the meeting place for politicians, revolutionaries, and journalists. Everyone could be found in its salons during those turbulent years. But that morning Don Manuel would miss his appointment. A few steps away from the pond, he felt an intense pain in his chest that forced him to let go of his cane and bend over. He was like that a few seconds before the surprised eyes of the masses, then, an instant before falling dead, he saw one of those alligators: the animal opened his enormous mouth and showed him the rows of his sharp, pointed teeth.

He left a considerable fortune in properties and money to his only son, Manuel Arturo. Years later, Arturo would graduate from the University of Chicago engaged to an American girl that, after marrying him, would force him to sell the mansion on Porfirio Díaz Street and build a bigger one: a three-story, Spanish-style mansion with a white façade and red roof tiles at the corner of Luna and Copper in front of Memorial Park.

Nevertheless, the American girl did not live very long in their new house. Manuel Arturo's life, his devotion to business and to other women, as well as the provincial environment of El Paso, were the circumstances that ended up exasperating her. So one morning Manuel Arturo watched her leave for her beloved Chicago. Now single and master of his own fortune, he dedicated himself, body and soul, to his two passions: business and women, in that order. Manuel Arturo knew how to reconcile his interests. The women did not exhaust his earnings, nor did his money impede his desire for women. It was years later, when Manuel Arturo was a grown man, that he married a poor, distant cousin that he met on a business trip to Chihuahua. In 1950, she gave him his only legitimate son: Arturo.

Besides the family name, very little was left in Arturo from Don Manuel, his grandfather. Perhaps a certain way of looking that gave his face a cautious and disparaging air;

otherwise, Arturo was impulsive and melancholy. The astuteness he lacked for big business he substituted with discipline and work. He would have been a brilliant academic or a notable professional if he had had the strength necessary to oppose the will of his father. Convinced that his son did not need to attend a prestigious university to administer the meager part of the family fortune he would pass on to him, he forced him to attend a local university and, beyond that, dictated the major that he would study. Manuel Arturo saw his son's docility as a sign of inferiority. He never considered him an Alcántar. In silence, he disowned him, his peaceful nature, his softness.

Surrounded by the objects that had belonged to his grandfather, Arturo grew up admiring him, idealizing the figure of a man that existed through various, carefully preserved objects and yellowed photos (in which he posed accompanied by politicians and military men that later history would call traitors). But the relationship between him and his father was cold and distant, since he had felt his father's rejection from an early age. At night, when his father would come home, the oak floors creaking under the weight of his steps, Arturo pretended he was sleeping so that his father would not think to call him and ask for an explanation of his activities. Manuel Arturo wanted to hear stories that would show him Arturo was aggressive, headstrong: a man through and through. Not the taciturn person that he would always be, who would watch life pass by without involving himself too much. From his room, the boy would listen as his father gave orders to the servants in his booming voice. Orders to some and orders to all.

Like his father, Arturo grew up in an exclusive area of the city. During his years of primary school and high school, he attended private Catholic schools where the students were all Anglo. The ones who weren't Anglo were the same

Rosario Sanmiguel

as he was, descendents of the privileged class of Mexicans. His mother tongue was Spanish, but the majority of the time he communicated in English. He expressed his emotions better in this language, either because of its flexibility or simply because he related his emotional life with his concrete and immediate experience in the Anglo world. His university years provided him with a degree that he didn't appreciate because it was a time he had spent in limbo. It was the seventies, Chicanos were organizing in political groupings and Mexicans in an association of foreign students. He didn't fit in either of the two. Arturo thought himself Mexican without being one completely: he had been born and had grown up in the United States. That didn't mean that he understood the way that Chicanos perceived the world or their love-hate relationship with the colonizing society in which they lived. He had never felt discriminated against and much less exploited. For him, those were other people's experiences. Neither did he identify fully with Mexicans, rich or poor. He had nothing in common with the children of the agricultural workers who crossed the river, incessantly, dying of hunger. There were insurmountable differences between him and those Mexicans. Neither did the others, the privileged ones who came to study at the university, have much in common with him besides a Hispanic name. Arturo lived in an existential borderland. A step away from belonging, but at the same time separated by a line traced through history.

Arturo received his degree in Public Accounting when he was twenty-one years old, full of resentment against his father. He was intelligent and hardworking, so that even without needing it, he had won a scholarship. It was a way of rebelling, of showing his father that he did not need him, of refusing his money and rejecting his white-gloved impositions. The impudence of youth, of a rich kid. For his part, his father didn't even know about his son's activities. He ordered his administrator to deposit money in Arturo's bank account, and it didn't matter to him how he spent it.

Moved by the ridiculous idea of what he thought was his duty as a son, Arturo showed up to work in one of the family businesses, an important agricultural machinery store that exported large quantities of merchandise to Mexico. He mistakenly thought that that would please his father and that being closer to him would cultivate his affection. As the days passed, the only thing that Arturo achieved was that his father became further convinced of how different they were from one another, which confirmed the low opinion he had of him, and so he relegated him to the level of a simple employee. After three years, Arturo left the business and dedicated himself to frequenting the city's cafés. He wasn't thinking about his future. He was twenty-five years old and of the conviction that forcing things to happen only brought bad luck. He was confident that his time would come. He studied old maps. He was knowledgeable of the different ways the globe had been conceived across the passage of the centuries. His interest went only as far as his desk, because the idea of traveling the world never excited him, despite having the resources and the time to do it. He was satisfied with reading his books. In the afternoons, Arturo would sit at the old desk where Don Manuel Alcántar calculated his monetary earnings. When he wasn't reading, he would review his long correspondences with specialized libraries up until the moment when natural light was lost, then he would leave his study and go down to the dining room to read the newspaper while the housekeeper would serve him his dinner.

One afternoon when his father was visiting the warehouse accompanied by his administrator, a forklift that was moving a pallet loaded with tractor tires ran into him by accident. The tires fell on top of him and instantaneously caused his death. Manuel Arturo Alcántar left him the house where they lived and the machinery business as his inheritance. The majority of his fortune was disbursed between the mistress of his last few years, his three children out of matrimony with different women, and several distant relatives that Arturo never met. His father's decision only confirmed the contempt he had felt for him his entire life.

The rancor that had accumulated in Arturo's heart over the course of thirty years toward his authoritarian and distant father diminished with each shovelful of dirt that fell on his coffin. Liberated from his tyrannical presence, Arturo confined his father to oblivion and took up the reins of the business with resolve, as if he had always led the company. It gave his days new meaning. Arturo did not have grand ambitions; he lived a calm, unadventurous life. He could have sold the business or left it in the hands of the administrator, but there was no longer any reason to alter the natural flow of his days.

V. Nicole and Arturo

The pale rays of sunlight bathed Nicole's head under the dome on the afternoon of the same day. She ravenously drank the cool water in her glass. For the first time, she felt voluminous; her stomach wasn't growing yet, but she already felt thick and satisfied. With her eyes, she reviewed her breasts that she wanted to be hard and full of milk. In six months, Gabriela would be born and, for the first moment, holding her in her arms and feeling her vulnerability would provoke a deep sadness in Nicole. She would watch her defenselessness with pain, but the simple act of nursing her—her breast in the avid mouth of the creature, the body of the girl drawn to her body—would provide her with a new sense of belonging. She never told Arturo the emotions that she had felt upon the birth of her daughter, until many years later, when Gabriela was leaving to live her own life, far from the mansion at Copper and Luna. But that afternoon, Nicole was only waiting for her husband, with her feet swollen and her heart full of joy.

Arturo arrived wanting to continue the conversation that had been left inconclusive that morning. He knew Nicole and recognized that he could not dissuade her from her goal, although perhaps it might be possible to arrive at some agreement. Seated in the middle of the restaurant with her back to the entrance, she didn't see when her husband arrived; conversely, his eyes found her as soon as he set foot in the restaurant. Nicole's head of brown hair, cut short at the nape of her neck, was unmistakable to him. Arturo kissed her on the cheek and sat down very close to her; he ordered a whiskey with ice.

"Have you been waiting long? Excuse my lateness. At the last minute, an important client arrived and I had to attend to him personally."

"Don't worry. I didn't even realize you were late."

"How did things go with Guadalupe?"

"I think it went well. Can you believe that Dick Thompson didn't believe the girl would turn out to be so strong? Despite the scramble and the gun, she was able to call for help and be heard by a neighbor: a twelve-year-old boy who came to the Thompson house to see what was happening when he heard gunshots. When the boy got to the house, he watched by the gate. It was then that he saw Guadalupe run toward the street screaming, crying for help. On the way back to his house, he ran into his father who was coming to look for him. The father called the police who, by the way, arrived right on time. Evidently, Dick didn't intend to kill her."

"I'm happy to know it didn't end up a tragedy. I've known Dick since I was just a boy. He was unruly and spoiled, but I would've never thought him capable of something as low as this. How's Guadalupe?"

"She seems to be well, calm, so much so that she isn't even interested in my help. She wants to enter the congregation of nuns that run the Refuge."

"Of course, you convinced her to do the opposite," said Arturo while he perused the menu. There was a sarcastic tone to his voice.

"What did you want me to do? End my work because of a few nuns?" Nicole responded with an enraged voice.

On occasion, it was difficult for Arturo to communicate with Nicole. She would get angry too easily, above all when it had something to do with situations that she interpreted as racist. It was the most sensible fiber of Nicole and the one most foreign to Arturo's experience. He tried to calm her down, told her it was necessary for them to talk, but to do it with serenity. They ordered dinner.

Nicole ate slowly. She thought about what Arturo would say next. Nothing nice, without a doubt. The last rays of sunlight came through the windows of the dome. The lights were on. Nicole's green eyes darkened in the pale, artificial light. The opalescent light and the soft music had an influence on both of their moods. Nicole stopped eating to look at her husband, full of the placidity that she began to feel. She thought he was a good man, robust and bald with strong arms. When they finished eating, Arturo ordered another whiskey and lit a cigarette. He inhaled it calmly a few times and then said:

"Thompson called me to ask that we forget about everything to do with Guadalupe Maza. He very subtly reminded me about several deals he made with my father. He also said that he understood your concern about certain things but that it wasn't necessary to continue with the issue. What do you think?"

"What did you say to him?" Nicole asked defensively.

"That in your work you're the only one who makes decisions. Of course, he commented that in my house my wife is the one who wears the pants. You know how that goes."

"And you want me to give in, right?"

"Not exactly. You can pass the case on to another lawyer and provide assistance. As I understand, besides the fright, nothing happened to Guadalupe. You yourself just told me that she isn't interested in bringing up charges against Dick. I think you could also help her in other ways, for example, with what she wants to do."

"Why do you ask me to do that, Arturo? I feel that in the two years that we've been married you haven't even gotten to know me. Can't you see that this case goes far beyond just one person, Guadalupe Maza? Why do you care about Thompson?"

"I don't care about Thompson, but you should try to understand me too. I'd like to avoid any conflict with him, that's true. On the other hand, it pleases me to think that you might send his son away to the depths of prison."

"It seems like you hate him."

"I'm very upset with him. Yes, I hate Thompson's arrogance. He also told me he didn't want to bother the judge, but that if it was necessary, he would do it and you would get nowhere. This morning when he called me, the entire time it seemed like I was listening to my father giving me orders, making fun of me. You're afraid of your wife, Alcántar, aren't you?"

Nicole listened to the man in front of her. As he explained his reasons, Arturo lowered the tone of his voice.

"What do you want me to do? This morning you gave me several reasons to leave my job. Now you have more. I don't understand you."

He didn't know exactly what he wanted either. Arturo tried to avoid a confrontation with Thompson because it would all come down to an argument. But he refused to be considered by his wife the same way that his father had thought of him, as a weak man. Before responding, he thought about what he was going to say:

"You're what's most important to me," he said finally. "I'm not asking you to abandon Guadalupe because I know that you won't do it and that in your eyes I would become the type of man that scares off by any little thing. I couldn't stand that. Let's forget about the Thompsons. Look, I haven't even asked you about what the gynecologist said," he added, sincerely interested in Nicole's health.

"My pregnancy is going fine. As far as the rest, I think you have no reason to be worried. Thompson can do whatever he wants. I'm going to proceed according to what I think is just. And you, Arturo, what do you think you'll do?"

"I think that this situation is going to bring me problems with Thompson, but, believe me, I'm ready to confront him."

"My question was also about the two of us."

"I don't understand."

"Yes, Arturo. You and I belong in different worlds. We have different histories. When we met, those differences seemed attractive, even seductive. We decided to get married because we thought that they wouldn't be important for us, but they are. You can't deny it."

"What do I think I'll do? Live my life with you," replied Arturo, convinced.

VI. Garden Party

The wind was blowing softly, gently rocking the stalks of the flowers that Helen laboriously cultivated and which she had planted strategically at the back of the garden, so that, when one looked out the bay windows of the house, they would find the spectacle of hundreds of corollas of different shapes and subtleties in a thick knit of vegetation. Maintaining such delicate vegetation not only required constant attention but also an abundance of compost and water, which was stunning considering the region's aridness. But Helen was a dedicated woman, and she depended on the help of Don Rito, the kind, potbellied gardener that she picked up each Saturday morning on the sidewalk in front of Sacred Heart. He concentrated on cutting the lawn and diligently executed Señora Helen's orders: a little fertilizer over there, some insecticide over here, mixing vitamins into the earth, polishing the leaves . . .

Both had dedicated their Easter week to perfecting the garden. Helen, sheathed in her jeans, denim gloves, and straw hat, would inspect all the corners to make sure there were no signs of those annoying pests that were beginning to attack the plants just as the days were getting hotter. Rito, armed with a short hoe and a transplanter, planted tulips around the thick trunks of the sycamores. He arranged them by color: the yellows together, the pinks in the same area; only the whites could be scattered among the mauve. Helen had bought ten dozen from the greenhouse, all of the ones that had arrived from California. It would be difficult to keep them alive with the temperatures in the area, but if they survived through Sunday fresh and upright under the foliage, she would be satisfied.

The stage was set to enjoy the Easter brunch that the Fernándezes offered their friends every year. Everything was perfect on that day: the gardens meticulously arranged, the deep blue of the sky, the sun's brilliance, the light breeze. Even the ridiculous, cumbersome, sheer dresses with huge bows that the mothers forced their girls to wear on Easter Sunday intensified the harmony of that vibrant and cultivated spring atmosphere.

For Nicole, it was better to accept the Fernándezes invitation than to spend the day alone in her apartment. She was about to finish the first video of the day when she decided to turn off the VCR and dress up appropriately to go to Kern Place. The alternative was to watch the other two videos that she had previously prepared for that Sunday. But she also thought that it would be worthwhile to socialize a little, get to know another side of the community in which she had chosen to develop her career. Even before going in, as she crossed the wide porch of the frontier-style, maroon-colored house, she hesitated, doubting her decision and acting like a fool, but it was already too late to turn around because Helen had opened the door just as she got there.

"Come in, what a pleasure to see you."

Helen led her to a group of ladies conversing on the terrace. The subject they were discussing was the enormous lighted star that was maintained lit up all year on Mount Franklin. Raising the necessary funds to cover the energy consumption for the monument was their main concern at the moment. A large, older lady with her head covered by something that looked like a nurse's hat made of white felt topped with an eruption of little plaster fruits, dared to state an opinion contrary to the general sentiment.

"It seems to me," she said raising her eyebrows, "that keeping that star lit up the whole year is a waste. We could dedicate ourselves to more significant things. When I was young, girls . . . "

The rest of the ladies stayed silent a few seconds. Mrs. Baker's age, as well as her seniority in the Junior League, forced the younger ones to consider the tone of their possible responses. Nicole left them as they fired off the first thoughts that occurred to them; soon, she couldn't hear them anymore; their words were lost in the border of the white gladioluses that surrounded the terrace.

The flagstone path took her to the sunniest end of the garden where three men were talking heatedly. She cordially greeted them, but immediately the two older men resumed their conversation.

"The decisions they make in Washington affect us locally. That's why it's important that we marshal a more energetic protest." Mr. Thompson said in the same arrogant tone in which he usually spoke. He took a large gulp from his champagne, then took out an incredibly white handkerchief and dried the sweat that moistened his creased, wrinkled forehead. Nicole noticed the blue embroidered monogram in one of its corners. A waiter immediately approached, carrying a tray full of fluted glasses that glistened in the sunshine. Thompson exchanged his empty glass for another freezing-cold, full one.

"Don't you think it would be important to set up a committee that would include the Mexican consul?" asked Asaad, a textile merchant, owner of a popular store two blocks from the bridge. The Arab was a well-built man, a little older than Arturo. He wore a light linen suit and his shirt, unbuttoned to the middle of his chest, showed just how hairy he was. Nicole looked at him and suddenly remembered her grandmother's story. She smiled.

"Well, in reality the commission could have a larger mission," Thompson corrected. "If it was composed of businesspeople from both sides it would be better.

Remember that the blockade also affects the people from Juárez," he added, speaking only to Asaad.

At that moment, a boy came up to Asaad to tell him that his mother wanted to leave already. He gave him a set of keys and a few instructions. Nicole took advantage of the interruption to intervene in the discussion.

"In what way?" she asked with marked interest.

"North American tourism is diminishing considerably. One must recognize, no one wants to subject themselves to long hours of waiting just to cross the bridge on the way back. It's not worth it."

"Do you think the same?" Nicole asked again, only this time she directed her question to Arturo, but Asaad was the one who answered.

"Of course, but the economic impact is greater for us. The stores are empty. In less than a month I've registered the greatest loss of money since I opened the store. Not even the peso devaluation has affected me as much as this damned operation," he remarked, visibly annoyed. "I imagine you face the same thing, Alcántar," he added.

Arturo didn't respond immediately. He listened to the girls laughing at the other end of the garden in the island formed by the flowering pots around the small square. He asked himself how it was that he had been trapped by these two boring men. He found no way to leave. If he couldn't be with the young women, he would have preferred to spend time with the old men who were drinking cognac and talking loudly in the dining room. Without a doubt, they were talking about the past, a subject that was always interesting to him. He still took a few seconds more before answering to smile at Nicole.

"My situation is the opposite of yours. The devaluations of the Mexican peso affect me much more than the Border Patrol's activities. My business's good fortune depends more directly on the Mexican economy," he replied kindly but without interest. Afterward he tried to address Nicole, but Asaad asked him for a more detailed explanation of what he had just said.

"Your customers, Asaad," intervened Thompson, squinting his eyes with the sun in his face, "are poor working people who cross the Santa Fe Bridge on foot. Because of the way they look, they detain them when they get to the checkpoint and inspect their documents." Thompson paused to call the waiter. Everyone took a new glass of champagne. Arturo also took out a cigar from the pocket on his silk shirt and left the cellophane wrapper on the tray. After lighting it, he took a long drag while Nicole breathed in the strong odor that the Havana cigar gave off. After letting out a thick mouthful of smoke, Arturo spoke to her:

"The immigration agents in general are indifferent to the dynamics of the border populations and wrongly think that everyone is coming to work, to stay in this country. Their lack of understanding doesn't allow them to see that El Paso is a city that prospers thanks to the consumption of Mexicans, including the poorest ones."

"You exaggerate, Alcántar," Thompson observed, shaking his head.

"What I still don't understand," said Asaad, "is your situation in all this."

Arturo's situation wasn't clear to Nicole either. That's why she looked him directly in the eyes and granted him an open smile. She was inviting him to continue with his explanation.

"My case is different because I export agricultural machinery to Mexico. As you all can imagine, my clients are people with high incomes who cross by car or come by plane. That's why the devaluations are more pernicious for me than the operations directed at detaining illegal workers.

The demand for my goods is affected by the rise of the dollar against the peso."

Arturo was speaking to Nicole. He was bored. He wanted to separate himself from them, but he couldn't find a pretext, less so now that the girl seemed interested in the conversation. It was important for everyone to debate the local economy. Suddenly, Nicole announced she was leaving. The sun and the champagne were conspiring to give her a migraine. Arturo seized the opportunity to take his leave as well and followed Nicole inside the house.

The living room was open and cool with light walls, one of them decorated with an original R.C. Gorman. There was a small armoire in which the Fernández displayed valuable pieces of New Mexican ceramics. A leather armchair. An antique wooden chest that still had vestiges of its turquoise-green color that Nicole wanted to inspect on the inside. A white, wool couch in front of the wide, glass door where Nicole and Arturo sat down.

"How did I meet the Fernández? They are classmates of one of my professors from law school. When he found out the type of work that I wanted to do, he suggested this place to me and recommended me to them. That's how I came to El Paso, only about six months ago."

Nicole let herself flow with Arturo's questions, one after another. She was responding to him affably because she found his interest to be natural. She looked at him—tall, corpulent, with premature baldness, his way of tilting his head to one side when he listened—and thought that this man, who was asking her everything so directly, was really naive, as if he exercised an implicit right in this relationship that had just begun to exist. As the hours progressed, Nicole's voice acquired a lustrous texture before the watchful eyes of the man in front of her. For his part, Arturo felt a sense of tranquility that he wanted to allot to the stillness of the room.

"Why do you have that interest?"

"Because of a boy that woke up dead on the highway," Nicole responded, terse for the first time. The intense afternoon light that illuminated the room was starting to dim.

Arturo imagined that she was talking about some lover. The party was in its last moments. The garden was being deserted. Arturo didn't like the answer, but he made some comment. The wind shook the trees powerfully and Arturo felt suddenly depressed. He said:

"Even though I never stopped by the business, the day my father had his accident, I just happened to be there. I've never been able to forget his face from that morning. I thought about his death often, that it would be the only way to free myself from his tyranny. When I saw him laid out on the ground, immobile with his mouth open, I discovered the extent of my weakness. A mute rage against him grew up within me. I had to leave. I left the funeral arrangements in the hands of the administrator. I stayed locked up in my house until the day he was buried. When I got to the funeral home, I found his coffin closed, but I had no desire to see him then. Days passed and then years and the only image I have of him is from that morning, the morning of his death."

Nicole listened to Arturo's brief story. The afternoon, which had passed by slowly and perfectly, quickly derailed and became a bleak, gloomy night. The invited guests left, the waiters cleaned up and the Fernándezes went into their bedroom.

"Who was that dead boy?" he asked but Nicole did not answer.

VII. Memorial Park

It was eight at night when Nicole and Arturo left the restaurant. The darkness had still not reached its complete density. The moon, like a sliver of a nail, hung high in the sky. Nicole's automobile followed Arturo's bulky, blue Mercedes along the route that he took every day, along Montana Street east; at the corner of Piedras, they turned to the north and at Copper they went east again for a few more blocks. When they got home, after putting the cars in the garage, Nicole wanted to take a walk in the park. At that hour of the night, it was imprudent, Arturo told her, but she leaned on his arm, and they walked along the dark paths in Memorial Park. Nicole's maternity made him nervous and made her more vibrant, more complete. The lenten wind caused the trees to sway and stirred up both her long hair and Arturo's thoughts. He looked at her cautiously. The woman's pregnant body shivered in the wind. Deep in Nicole lay a power that had not been illuminated. She walked among the park's enshrouding shadows, an arborous membrane—she the sleeping seed at the center.

Before her eyes, she saw the train pass, long and fast, in a faraway image that was there, a few meters from her. "Nicole." She heard a voice calling her, submerging her in the word Nicole inside of herself, inside that body that carried another body. For a few instants she found herself surrounded by water and light. "Nicole." She heard the voice calling to her again, summoning her that night in the park on a cement bench in front of a train that was just passing by. "Nicole," for the third time.

Arturo and Nicole walked toward the stone bridge. Underneath, the little stream flowed by languidly in a murmur of dry branches. Images lost in Nicole's memory began to rebel. She saw the face of the boy and a blue pickup. Sixteen years old. An ice cream at the Dairy Queen. The walk along the outskirts of the town, cotton fields under the round, yellow moon, darkness and first kisses, fear, hands that sought her out, skin covered with saliva, the narrowness of the cabin.

Seated on the stone crest of the arch, Nicole and Arturo looked in the same direction. Arturo saw the mass of lights in the distance, Nicole saw the eyes of the boy, the dewy mouth that touched her, the hands that found the warmth of her skin, June heat at the edge of the cotton field, the voice that embraced her urgently, pants undone, dampness, the boy's tense, hard body, tilled soil in the deep night, sweet, soft breasts like figs, the beginnings of lovers' pain, trembling flesh, the cicadas' song, the hours full of feeling.

They crossed the bridge and followed a long path along the low stone wall. On the other side, the trees blackened by the rays shook their branches. At the end, a gigantic turtle was waiting for them. Nicole rested her body on top of its cold, cement shell. She imagined the boy without a face. During the day, his back bent over the cotton field. In the tent, at night, his waist gripped between the young woman's thighs. Arturo's nerves were aggravated. "Nicole, let's go back." The dog that pulled the elderly woman in her old overcoat passed indifferently by them; the dog's master emitted a sound like a gurgle and was lost in the verdurous shadows.

They entered the house in silence. In the bed, Arturo kissed her in an attempt to recover her, but Nicole escaped him through the fissures of the night. He knew she was beyond touch and words. His only recourse in the battle was love, and so he looked for her so intensely. He penetrated her with rage, entered her deepest parts to pull her out of herself.

Nicole left the bed while it was still dawn. Her illuminated body, moonlit in the mirror on the armoire, reflected her nudity. From the other side of the abyss in the serene surface of the mirror, her eyes found Nicole.

Bajo el puente
Relatos desde la frontera

por Rosario Sanmiguel

A la memoria de G. Yolanda Cortázar
1957-1984

El silencio es la profunda noche secreta del mundo.

Clarice Lispector

Callejón Sucre

La noche no progresa. Abro un libro y pretendo poblar las horas con situaciones ajenas que me lleven de la mano, con amabilidad, por las páginas de otras vidas. Fracaso. Parece que las horas se atascan entre estas paredes limpias y umbrías. Enciendo un cigarrillo, otro más; supongo que me toma de cinco a diez minutos consumir cada uno. A mi lado, en un estrecho sofá, una mujer se arrellana, deja de roncar unos segundos para retomar enseguida su sonora respiración.

Camino hacia la puerta de cristal y atisbo la calle vacía: sólo un gato la cruza de prisa, como si no quisiera alterar su paz. El anuncio del café de enfrente está apagado. Dos hombres apuran sus tazas mientras el mesero cabecea sobre la caja registradora. Seguramente espera a que terminen para apagar la luz y entrar en el sueño, esa región que desde hace días se me desvanece.

Regreso al sofá cuando la mujer ya invade mi lugar con sus piernas extendidas. Avanzo hasta un grupo de enfermeras que platican en voz baja y les pregunto la hora. Las tres y media. Cruzo la penumbra del pasillo para llegar al cuarto ciento seis. No tengo que buscar la plaquita que indica el número, sé con exactitud cuántos pasos separan el cuarto de Lucía de la sala de espera. Ella tampoco duerme; en cuanto advierte mi silueta bajo el dintel murmura que tiene calor, me pide algo de beber. Humedezco mi pañuelo con agua de la llave y le mojo apenas los labios. Dame agua, por favor. No escucho la súplica. Sé que sus ojos me siguen en la oscuridad del cuarto. Sé que permanece atenta al roce de mis pasos sobre las baldosas enceradas. Salgo del cuarto para no encontrarme con sus ojos verdes, para no verla convertida en un campo de batalla donde la enfermedad cobra terreno cada momento. Paso a un lado del sofá donde la mujer aún duerme y apago la lamparita que ilumina sus pies.

En la calle vacilo para tomar un rumbo. A unas cuantas cuadras los hoteles lujosos de la ciudad celebran la fiesta nocturna de fin de semana. Me dirijo sin convicción hacia la avenida Lincoln. Mujeres perfumadas pasean por las calles, me hacen imposible olvidar el olor de las sábanas hervidas que envuelven el amado cuerpo de Lucía.

Las sombras se diluyen bajo las marquesinas encendidas. En este sitio la noche no existe.

En el malecón tomo un taxi que me lleva al centro. El chofer quiere platicar pero yo no respondo a sus comentarios. No me interesa la historia del júnior que se niega a pagar ni las propinas en dólares que dejan los turistas. Tampoco quiero oír de crímenes ni mujeres. Recorremos la avenida Juárez colmada de bullicio, de vendedores de cigarrillos en las esquinas, de automóviles afuera de las discotecas, de trasnochadores. A ambos lados de la calle los anuncios luminosos se disputan la atención de los que deambulan en busca de un lugar donde consumir el tiempo. Yo me bajo en el Callejón Sucre, frente a la puerta del Monalisa.

Una mujer de ojos achinados baila desnuda sobre la pasarela que divide el salón en dos secciones. Un grupo de adolescentes celebra escandalosamente sus contorsiones. El resto de los desvelados echa los labios al frente para agotar la cerveza de las botellas. Descanso los codos sobre la barra y miro con atención a la de rasgos orientales. Una hermosa madeja de cabello oscuro le cae hasta la cintura, pero un

Rosario Sanmiguel

repugnante lunar amplio y negruzco le mancha uno de los muslos. Mientras la oriental baila recuerdo a Lucía trepada en esa tarima. La veo danzar. Veo sus finos pies, sus tobillos esbeltos; pero también viene a mi memoria la enorme sutura que ahora le marca el vientre. Recuerdo las sondas, sueros y drenes que invaden su cuerpo.

Al fondo las cortinas mugrosas se abren: Rosaura sale a supervisar el establecimiento. Años atrás nos vimos por vez última, cuando Lucía y yo desertamos, cuando abandonamos a Rosaura y su mundo. Ella se acerca profiriendo exclamaciones de júbilo que me dejan indiferente. Desganado intercambio unas palabras con ella y descubro en su piel profundas arrugas que se acentúan, despiadadas, cada vez que suelta una carcajada. De la mesa más lejana la llaman y ella acude solícita. Procuro no perderla de vista a pesar de la poca luz y del humo que sofoca el ambiente. Limpio con una servilleta los vidrios empañados de mis anteojos y me dirijo también a la mesa. A medida que me acerco aumenta la certeza: en su rostro veo el mío. Cuando llego junto a ella trazo en la boca un gesto sarcástico.

—Andamos casi en los cincuenta, —le digo. Antes de responder la matrona irrumpe con otra carcajada—. ¿Y cómo van las cosas con la bella Lucía? Dile de mi parte que todavía le guardo su lugar. —La vieja se levanta de la mesa, riendo. Sus palabras me caen como costales de arena sobre los hombros. Siento que el sudor me pega la ropa a la piel y salgo a la calle, donde el calor cede un poco. Mientras decido qué hacer, repaso con la mirada la fachada de los bares arracimados en la calle más sombría de la ciudad. Tengo la sensación de haber caído en una trampa. Nada vine a buscar, sin embargo encuentro la imagen oculta del antiguo animador de un cabaret de segunda. Para distraer el ánimo enciendo un cigarrillo que sólo consigue amargarme el aliento.

De regreso cada paso que doy hace más hondo el silencio. Las casas se tornan más oscuras. Detrás de las ventanas adivino los cuerpos cautivos del sueño. Los gatos me acechan desde las azoteas. Los árboles se juntan en una larga sombra, epidermis de la noche.

En su cama Lucía también sigue en vela. Salgo del cuarto y en la salita encuentro el sofá vacío. Entonces me tiendo a esperar que transcurra otra noche.

Ciudad Juárez, 1983

Rosario Sanmiguel

Un silencio muy largo

a Huberto Batis

En la interminable secuencia de puertas una abre a Las Dunas. Los humores de cuartos y retretes, de mingitorios y bailadores se amalgaman en uno solo que boga por todos los rincones. Atrás de la barra una pared cubierta de caoba otorga inusitado atractivo al lugar. Hay dos mesas de billar, una amplia pista de baile y algunas mesas de lámina. Un muro pintado con motivos del desierto separa los cuartos del salón. Nada espectacular ha ocurrido en medio siglo. Nadie ha cometido un crimen o un robo aparatoso. Nunca un incendio. En este sitio las horas se suceden rigurosamente uniformes.

1. La aparición de Francis

Francis apareció envuelta en un largo abrigo blanco. Anudaba el cabello en la nuca y en el cuello una bufanda blanca. Su rostro se empeñaba en mostrar una serenidad que, en esa hora difícil de la noche, no la asistía. Caminó hacia el interior sin convicción, como si anduviera extraviada: bajo la sombra de las cejas castañas la mirada alerta y engañosa. El dolor asomaba a los labios. Seguramente bajo el abrigo albo su vestido negro mostraba el nacimiento de los senos.

Había abandonado a Alberto. Ya se le había ido buena parte de la vida dejándolo y encontrándolo; en situaciones que llegaban a su límite de tolerancia después de una discusión apasionada y un adiós transitorio. Para él era fácil encontrarla cuando consideraba llegado el momento de la reconciliación; bastaba con ir a su apartamento, buscarla con las amigas o esperarla al salir de la oficina. Esta vez no sería igual. Ahora Francis no pensaba regresar, estaba decidida a romper diez años de relación, ya no le importaban las razones que a lo largo de los años había escuchado de Alberto, pues el lazo que la mantenía unida a él se había desgastado paulatinamente, sin que él lo advirtiera, ocupado como estaba en conciliar dos situaciones —esposa y amante— irreconciliables.

Esa noche cumplía treinta años. Había salido a cenar con Alberto y éste le había obsequiado una argolla con tres esmeraldas incrustadas. Más tarde la había llevado a casa de una amiga que Francis —según dijo— necesitaba ver. Mentira. Francis ya no vivía en el lugar que Alberto conocía; se había mudado varios días antes para que él no pudiera encontrarla. También había dejado la inmobiliaria, un puesto ejecutivo ganado con creatividad y esfuerzo, pero estaba dispuesta a renunciar a cualquier cosa con tal de sacarse a Alberto definitivamente del cuerpo y de la memoria. Cuando vio desaparecer el carro al fondo de la calle, buscó un taxi que la llevara a cualquier parte. Desconcertado por la orden, el chofer la paseó por la ciudad cerca de una hora, hasta que ella fue capaz de dar una dirección precisa: Las Dunas, un nombre que inexplicablemente recordó en medio de la borrasca que llevaba dentro.

Francis se desplazó entre la pesadez del ambiente cargado de humo y miradas oblicuas. Dos parroquianos de inmediato la abordaron, insistieron en que ella los acompañara a su mesa. Una frase cortante bastó para que la dejaran en paz. Desde su sitio tras la barra, China y Morra la miraban, un poco por curiosidad y un poco por atenderla. Eran las mujeres más viejas, contarían más de cincuenta años, y también las empleadas más antiguas en Las Dunas. Siempre habían sido amigas, desde que servían en el Coco-Drilo, tres décadas atrás, cuando Varela el Viejo tenía el bar en la zona del Valle, antes de que llegaran las maquiladoras a plantarse sobre la arboleda a la vera del río. Todavía, algunas tardes calurosas de agosto, recordaban las tardeadas dominicales en que los soldados de Fort Bliss llegaban por ellas. Terminaban los años cincuenta. Qué diferente era todo, se decían China y Morra, nunca teníamos miedo. Tenían razón, para llegar al Coco-Drilo, si los soldados cruzaban por el puente Santa Fe, debían salir de la ciudad y cruzar los plantíos de algodón. Antes de llegar podían escuchar los acordes llevados por el viento, música en vivo todo el tiempo.

Un aletazo frío interrumpía su charla cada vez que alguno entraba, después China se ocupaba de secar el charco de agua que los rastros de nieve y el tráfico de los clientes formaban a la entrada. Cuando alguien abría la puerta Francis también sentía el chiflón helado y se arrebujaba en su albo abrigo de lana.

—¡Este invierno sí que cala! Sírveme una San Marcos, Morra, y a la señora lo que está tomando —pidió a gritos un hombre que se sacudía la nieve de los zapatos a un lado de ella.

Francis aceptó la copa, pero permaneció sumergida en el marasmo de sus emociones sin advertir el paso de las horas. Replegada en su coraza como un bígaro, dejaba morir su primera noche sin Alberto. Entretanto los desvelados llegaban a calentar los huesos y el ánimo. Afuera las calles nevadas resplandecían de tanta blancura.

2. La noche del beodo

Ensimismada, en un extremo de la barra, Francis se evadía del mundo. La ausencia le dolía. Todo ese tiempo con Alberto no sería fácil de olvidar a pesar de que él no la quiso como ella deseaba. No se trataba de casarse, tener hijos y pagar las letras de una casa, sino vivir juntos, intentar ser felices, cualquier cosa que eso pudiera significar. Pero Alberto era cobarde y ella lo supo siempre, y si muchos años le tomó reunir la fortaleza necesaria para separarse de él, ahora, pensaba, sólo dejaría correr los días y con ellos la amargura del fracaso. Se sabía responsable del resultado final, después de todo Alberto no le prometió nada.

El hombre que días antes le había invitado una copa llegó y se instaló a su lado, pronunció algunas frases como un simple formulismo, tomó aliento y empezó su discurso. Era un hombre de más o menos sesenta años, con una calvicie que sabía disimular a fuerza de acomodarse los pocos cabellos restantes en algo parecido a un nido. Llevaba una gabardina vieja y arrugada encima de un chaleco de tejido grueso. Los ojos enrojecidos, el sesgo de las cejas y las mejillas lacias daban a su rostro apariencia de perro triste.

Morra se acercó a escuchar su voz pastosa. Estaba ebrio, sin duda alguna. El hombre no advirtió la presencia de la mujer, tan absorto estaba en sus propias palabras. Francis en cambio, miró unos segundos a Morra y luego siguió atenta a lo que el otro decía:

—. . . señora, estoy seguro de que usted ama a un hombre . . . seguro de que se sienta en la banca de un parque a esperarlo, ¿no es así? . . . claro, veo en sus ojos que está enamorada . . . la envidio, señora, no sabe cuánto la envidio . . . quisiera estar en su lugar, sentir lo que usted siente . . . dígame . . . ¿qué se siente amar a un hombre? . . . abandonarse a él . . . abandonarse a él . . . hábleme de su pasión,

se lo ruego . . . yo soy hombre y también he amado . . .
envidio la fuerza de su entrega . . . ¿me entiende? . . . es una
fuerza que no se agota . . . al contrario . . . crece como yo no
la he visto en mí . . . dígame usted cómo se vive esa pasión
. . . la noche no es como el día . . . de otra manera usted no
estaría aquí . . . también yo prefiero la noche . . . la conozco
a fondo . . . para mí es como un largo sueño . . . y para usted,
¿qué es? . . . hábleme, se lo ruego . . . dígame . . . usted que
ama a un hombre, cómo vive esa pasión . . .

El hombre alternaba sus frases con los sorbos que daba
al vaso. Francis no respondió a pesar de que él la interroga-
ba directamente. Lo escuchó en silencio hasta que él cayó de
bruces sobre la barra. Las palabras del hombre molestaron a
Morra, también su presencia, y como en cualquier momento iba a incorporarse para seguir su perorata, le habló a una
de las muchachas para que se lo llevara lejos. Nely le pasó
el brazo por los hombros y murmuró algo a su oído. El
beodo alzó la cabeza, la miró un instante y se dejó llevar.

3. El robo

Los gritos llegaron hasta la amplia pista de baile. China dejó el tejido y las agujas sobre la mesita que estaba en el pasillo que conducía a los cuartos, se puso de pie y fue directamente a la puerta de Nely. Morra acudió a su encuentro cuando ya venían los tres al salón. El hombre jalaba a Nely de los pelos; tras él China le ordenaba que la soltara. Cuando estuvo frente a Morra el hombre reclamó zarandeando a la muchacha de un brazo.

—Esta desgraciada me robó cincuenta pesos.

—¡Suéltame, pendejo! ¡No sabes ni cuanto dinero trais!

Nely respondió al tiempo que trataba de zafarse; después empezó a chillar, dijo que ella no había robado nada, que tal vez le faltaba dinero al viejillo, pero ella era inocente. Se talló los ojos como si secara lágrimas. Su coraje era duro y seco como una corteza añosa. Vestía una descolorida faldita de pana y una blusa ajustadísima, sin mangas. Sus brazos de adolescente eran redondos, suaves y oscuros. Si ella había robado el dinero —Morra lo dudaba— no lo traía consigo.

—¡Déjate los ojos, bizca cabrona y entrégame el dinero!

Nely no soportaba ningún insulto que aludiera a ese defecto tan obvio en su cara. Se le echó encima al hombre, que sólo pudo desprenderse de sus uñas con la ayuda de China y Morra. Las mejillas le quedaron enrojecidas, con la piel reventada. Tuvo que limpiarse la sangre con la manga de la camisa. —¡Ya basta —ordenó Morra—, llévatela de aquí! —China se la llevó a jalones. Nely no cesaba de insultar al acusador, que también le respondía con injurias cada vez más ofensivas. A Morra el hombre la amenazó con llamar a la policía. No era la primera vez que alguien se quejaba de robo, aún así Morra decidió no complicar el asunto y pagar el dinero. En esos casos que paguen ellas, ordenaba Varela el Joven. Ya le descontarían cincuenta pesos a Nely.

El hombre pidió una cerveza que Morra sirvió amablemente. Mientras él bebía apaciguado, Nely buscaba el dinero. En el rostro tenía ese aire de concentración que le daba el estrabismo. Iba y venía a gatas por el cuarto, hacía a un lado los trozos de papel higiénico desperdigados por el suelo. A un lado de la mesita del tejido, China se calentaba las manos con el calorcito que despedía el calentador de gas. Desde allí, con su voz cansina urgía a la muchacha para que encontrara el billete.

—¿Pa' qué te haces güey? Tú le bajaste la lana al viejillo.

Cuando el hombre se fue, Francis, que desde su sitio había observado todo el suceso, le preguntó a Morra si habían encontrado el dinero. Morra negó con la cabeza y agregó:

—Ojalá que no vuelva.

—Usted sabe que sí regresa.

—¿Por qué está tan segura? —preguntó Morra sorprendida no sólo porque era la primera vez que la oía hablar, sino también por la afirmación.

—Mire cómo trató a la muchacha, mire cómo lo trató usted a él; además le regaló cincuenta pesos.

—Nely lo robó —indicó Morra molesta.

—Tal vez no sea cierto. Usted lo sabe.

—Pa' mí que sí lo robó —dijo Morra sin convicción— ¿qué no? Yo conozco a estas muchachas y usté no.

—Mire, aunque así hubiera sido. ¿Qué tanto son cincuenta pesos?

Morra sonrió; elevó una comisura de la boca y explicó:

—Pa' usté nada, pero pa' alguien con necesidá como Nely, sí es mucho.

—Cincuenta pesos no pagan la vejación.

—No la entiendo, señora, pero pa' mí que tampoco usté entiende —respondió Morra fastidiada.

Rosario Sanmiguel

—Quiero decir algo muy sencillo, Morra: aquí las robadas son ustedes.

Morra escuchó su nombre y la explicación de Francis. Las palabras crepitaron como una flor olvidada en un libro. Morra ladeó la cabeza en un gesto que reforzaba su actitud atenta. Ella también sentía eso aunque nunca lo hubiera verbalizado. Lo pensaba desde que era joven y unos días servía mesas y otros bailaba, allá en el Coco-Drilo, cuando Varela el Viejo le aconsejaba que no creyera en los hombres si alguno la invitaba a pasear o le proponía algo. *Aquí me tienes a mí, a la mano*, decía, y luego se echaba a reír.

Morra recordó con nostalgia al rubio "soldadito de plomo" que iba a buscarla al Coco-Drilo. El mote se lo dio Varela el Viejo, celoso de las intenciones del extranjero. No era inusual que los extranjeros se enamoraran de las mujeres que trabajaban en los bares y se las llevaran a su tierra. También Morra tuvo su enamorado. Un largo año la visitó Uve Lambertz, con sus grandes ojos azules de niño azorado y su boquita fina de mocoso chiple. Varela veía el desarrollo del romance sin decir palabra, pero Morra leía en su mirada el disgusto que le causaba la visita del muchacho, y pese al pronóstico de fracaso que le armó cuando ella le dijo que se iría con Uve, continuó con los preparativos necesarios para dejar la ciudad y empezar una nueva vida en otra parte del mundo. *No te irás con él*, repetía Varela un día y otro ante la firmeza que mostraba Morra, *se burlará de ti, estoy seguro*.

La tarde señalada Morra no asistió a la cita. Mientras Uve la esperaba en el Mere's, a unas cuadras del Santa Fe, consumiendo coca-colas y camels, Varela el Viejo discutía acaloradamente con Morra. Él no iba a permitir que ésta lo abandonara así nomás, después de todos los años que él le había dado su "protección". La hora llegó y Morra seguía encerrada con Varela el Viejo, trataba de hacerle ver su agradecimiento y el deseo que tenía de hacer aquel viaje con

Uve. Ella se encaminaba a la puerta y el hombre le impedía el paso, la abrazaba y le prometía cosas diferentes. Se calmaban un rato y de nuevo Morra trataba de salir. Finalmente una fuerte bofetada la dejó inconsciente algunos minutos. Cuando recobró el sentido entendió que Varela no la dejaría salir. Resignada, se echó agua en el rostro para que él no viera sus lágrimas. El hombre la tomó de la mano tiernamente, la acostó en la cama, la besó en los labios y esperó que el sueño la venciera. Varela el Viejo miraba a Morra dormir mientras Uve Lambertz veía morir el último domingo de su vida que pasaría en este lado del mundo.

Francis se encaminó a la puerta arropándose con su abrigo largo. Fenicio, que no perdía de vista uno solo de sus movimientos, la siguió y después de vacilar unos segundos, cortésmente le abrió la puerta. Hubiera querido decirle que era muy bella o algo así, pero esa mujer lo intimidaba, por eso se conformaba con mirarla en silencio. Una vez que ella salió Fenicio castañeteó los dientes y se sacudió como un perro.

4. El desafío

La presencia de Francis molestaba a Katia, pese a que aquélla no se movía de su sitio y apenas si hablaba con China o con Morra. Lo peor para Katia era la frecuencia de sus visitas.

—Es una más que viene a matar las horas, o a olvidar sabrá Dios qué cosas —le explicó Morra cuando adivinó su disgusto—. Tú pa' que te apuras, ella no viene a competir contigo.

—Lo de ésta es pura envidia —intervino China—, no sé si porque la señora se ve fina o por el señor que viene a hablar con ella.

—¿Envidia yo? Ni que estuviera tan buena, y además ya está vieja.

Francis mantenía una actitud inexplicable para Katia; ésta percibía algo en Francis que la confundía, tal vez su indiferencia hacia hombres y mujeres, o la displicencia con la que dejaba correr la noche. Era como si nada la perturbara, ni el volumen excesivo de la sinfonola, ni la alegría de los beodos con sus vozarrones tristes, ni los gritillos de las mujeres. China era quien más platicaba con Francis, en ocasiones reían de cosas que nadie sabía, ni siquiera Morra. China transformaba sus ojos almendrados en dos líneas, las mejillas se le inflaban, redondas y brillantes, llenas de gozo. Con la risa Francis mudaba sus facciones, un gesto de dolor se dibujaba en su cara al punto que la risa parecía llanto. La hilaridad le cobraba lágrimas.

Los meses de frío intenso habían pasado, y los peores días, los primeros, los más desolados, los de Francis sin Alberto, también. Posiblemente él no la había buscado aún. Tal vez, pensaba Francis, cuando encontró su antiguo apartamento vacío y no pudo localizarla en la inmobiliaria, sintió su amor propio herido y decidió dejar que la provocación siguiera un poco más. Alberto reaccionaba de esa manera cuando Francis le hablaba de la separación definiti-va, lo interpretaba como un juego de poder, un desafío a sus reglas. Ya le llegaría el momento de aceptar la derrota.

Esa noche Katia lucía como de costumbre —vestido entallado y corto color rojo, medias negras para sus bien torneadas piernas y altísimos zapatos rojos—, apetitosa como la pulpa de una fruta jugosa, donde su joven corazón, hondo y vulnerable, era la semilla vehemente. Después de ir de un lado a otro hizo una pausa para pensar mejor las cosas. Se sentó a un lado de la sinfonola y le metió muchas mo-nedas para escuchar canciones de amor. Luego discutió con Nely, pues ésta quería bailar música alegre. Morra no inter-vino por no discutir con Katia. Además, el acompañante de Nely estaría más contento si bailaba abrazado a ella y no al ritmo de una cumbia.

Katia tenía unos cuantos meses en Las Dunas, venía de un lugar donde Varela el Joven, viéndola bailar, se sintió cautivado. Atraído por la muchacha se empeñó en llevarla a trabajar para él. Ella aceptó después que Varela le prometió doblar sus ingresos. No hacía mucho tiempo que Katia pasa-ba largas temporadas en la correccional para menores. Acos-tumbraba vagar por las calles hasta la madrugada involu-crándose en broncas de pandillas, o robando cerveza y tabaco en los comercios que permanecían abiertos hasta tarde. A la primera cantina la llevó una compañera del reclu-sorio, una cervecería del llamado barrio de la pezuña, en las cercanías del rastro. De ahí salió por picapleitos a los quince días iniciando una cadena de trabajos esporádicos, despidos y broncas, hasta la noche que los ojos de Varela el Joven la descubrieron. Ahora Katia era una mujer de veinte años dis-puesta a sacar el provecho posible a su atractivo físico. Ya que Varela la consentía, era voluntariosa, y esa noche tenía ganas de pleito, por eso cuando Francis entró al baño aprovechó la ocasión para hostigarla. De golpe abrió la puer-

Rosario Sanmiguel

ta, justo cuando ella estaba frente al espejo. No fue sino hasta ese momento que Francis comprendió la actitud de Katia; sus ojos lidiaron los de la muchacha, que además, en sus labios rojos trazaba una mueca de rabia. En ese momento Nely estaba cerca y observó lo ocurrido; más tarde le dijo a Morra que las dos mujeres se habían mirado fijamente, sin decir nada. Difícil creerlo de Katia, pues tenía la boca suelta, agresiva. También contó que ahí se había quedado Francis, muy firme, con las piernas en compás y las manos apretando las rosetas del grifo, y que luego Katia salió azotando la puerta.

5. La ventana

Desde la ventana de su cuarto Francis veía el tráfago de la calle. Los carámbanos de cristal descendían de los aleros, escurrían gruesas gotas que al caer producían un sonido monótono. Miraba pasar a la gente, a los chiquillos que salían a jugar con los restos de la nieve. El humo en el aire, el vaho de los transeúntes, los papeles que arremolinaba el viento. Francis hacía una pausa en su vida y se daba cuenta que había caído en una situación extremista y tal vez falsa.

Su madre la había educado en los principios de la religión católica. No imaginó que su hija pudiera querer una vida diferente a la que ella le había impuesto: escuela de monjas, modales recatados y horarios restringidos para salir y llegar a casa. Francis quería ver el mundo, sentirse libre, por eso en cuanto se sintió con fuerzas para abandonar la casa familiar, lo hizo. Las cosas no resultaron tan fáciles, trabajar para pagar un cuarto de pensión sin abandonar la universidad exigía un esfuerzo mayor al que estaba acostumbrada. Pese a ello pronto entró al ritmo que quería, las clases de contabilidad en la mañana, la oficina por la tarde y el resto del poco tiempo que quedaba, libre para hacer lo que ella quisiera.

Había visitado Las Dunas por primera vez con un grupo de compañeros que, como ella, se querían tragar el mundo de una mordida. Después de una fiesta de fin de año decidieron ir a la zona; simplemente querían pasar de su ambiente clasemediero a otro más "grueso". Para aquellos jóvenes de cafecitos chic el ambiente resultó atractivo, sin embargo, salieron de ahí a las ocho de la mañana sin que ninguno intentara regresar. Durante sus años universitarios había recorrido el camino de una muchacha que se consideraba liberal: participaba en la política universitaria, en marchas de apoyo a un sinnúmero de causas, asistía a reventones con mota y experimentaba todo lo que en los años setenta se vivía como secuela de la década anterior. Hasta que llegó Alberto.

Rosario Sanmiguel

Tras la ventana Francis miró los últimos fragmentos de la tarde, los movimientos de los niños apaciguados por el viento helado que se movía en círculos en torno a ellos, la sombra de los objetos difuminada en la penumbra... la mirada oscura del hombre que entraba en el aula de Sociales por equivocación: Alberto había llegado más de quince minutos tarde. La muchacha del pupitre de enseguida le gustó y decidió esperar a que terminara la clase para invitarla a un café. Francis aceptó la invitación. Minutos después, en la cafetería de la facultad, supo que Alberto cursaba la maestría en finanzas, tenía treinta y cinco años y llevaba siete de casado...

Alberto era un hombre diferente a los que estaba acostumbrada a tratar, mayor que ella —lo cual de entrada era un atractivo—, pero también un cínico desencantado del amor, el matrimonio, el trabajo y en general las cosas que desencantan a quienes lo tienen casi todo. Justo la clase de hombre que ella necesitaba, uno que por estar casado no le pediría matrimonio y que como ella renegaba de la vida próspera y ordenada. Alberto se enamoró primero y empezó a seguirla a todas partes. Francis en cambio, tomó la relación con más desenfado, mas a la vuelta de un año se descubrió tan enamorada que todas las tardes se despedía de él con el ánimo turbio, como si la savia del corazón se le hubiera estancado, o por lo menos agriado un poco.

Al paso de los años entendió que los desplantes de Alberto eran actos de cobardía disfrazados de cinismo. Así como no era capaz de aventurarse a dejar el empleo que decía le desagradaba, tampoco lo era para salir de su matrimonio y vivir en pareja con ella. ¿Y qué podía exigir? Nada. Ella también vivió engañada respecto a su propio mundo, pero se sentía a tiempo para reparar su error. Necesitaba serenar las aguas de su vida. Mientras tanto había encontrado en ese cuarto de pensión un buen sitio para pertrecharse y recobrar espíritu.

6. Una mujer sin dueño

China tejía toda la noche, sólo suspendía su labor unos minutos para ir tras las parejas que ocupaban los cuartos, entonces cambiaba las agujas por el papel sanitario. Después de cumplir con su deber regresaba a su sitio en la mesita donde, además del tejido y el rollo de papel, había una caja con cigarrillos americanos y una veladora encendida ante la imagen de San Martín Caballero. Varela el Joven le permitía vender cigarrillos para que ganara algo de dinero extra. Antes de enviudar ya se dedicaba a lo mismo en el Coco-Drilo. Allá, su esposo —apodado Chino— y ella encontraron trabajo cuando recién llegaron de Casas Grandes. El padre de Chino era dueño de una lavandería —uno de los pocos que había sobrevivido a los fusilamientos de chinos que ordenaba Villa—, donde conoció a Eulalia, se enamoró y casó con ella. Después de contraer matrimonio él y China trabajaron para el padre de Chino cerca de siete meses, pues una mañana nublada de septiembre despertaron perezosos, y sin abandonar la cama dejaron que se les metiera una idea loca en la cabeza. Mientras los hermanos de Chino los llamaban a gritos para que iniciaran la jornada, ellos retozaban entusiasmados por su futuro incierto. Empacaron las pocas cosas que tenían y tomaron un camión a Chihuahua, y de ahí, otro a Ciudad Juárez.

Visitaron el Coco-Drilo como clientes dos, tres veces antes de llegar a un acuerdo con Varela el Viejo. Chino atendería el salón y China se encargaría de los cuartos. Corría el año 65. Al siguiente cerraron y trasladaron el negocio al Callejón Sucre, donde moriría Varela el Viejo y al poco tiempo Chino, que se fue relativamente joven. Tenía alrededor de cuarenta años cuando murió, a causa de una bala perdida, la víspera del año nuevo del 74. China viuda, sin hijos, acostumbrada a la rutina de una década, creyó que el mejor lugar para ella era el negocio de Varela el Joven.

Desde su lugar, China no perdía detalle de los sucesos del salón. Fenicio iba de un lugar a otro impaciente, llevaba copas, recogía propinas y de vez en cuando se acercaba a platicar con China. La mirada sagaz y el movimiento de las manos de la mujer dotaban a sus palabras de un timbre de sapiencia natural.

A la media noche entró el hombre que se llamó robado buscando a Nely. A esa hora ya Fenicio se sentía desesperado.

—¿Por qué andas tan inquieto, Fenicio? —le preguntó China.

—Por nada. Estoy un poco nervioso, eso es todo.

En ese momento China soltó las agujas, arrancó un buen trozo de papel y siguió a Nely y a su acompañante. Cuando regresó se asentó la filipina en el cuerpo rollizo y volvió a preguntar, —¿Tienes algún pendiente?

—Ninguno, ¿por qué?

—Como te veo tan amuinado, tan inquieto, de aquí para allá. Yo creía que te pasaba algo —contestó China en son de mofa.

—Ya te dije que no tengo nada.

—¿Por qué no me dices la verdad? Al cabo ya me di cuenta. Tú estás inquieto porque no ha venido esa mujer. Te estás enamorando de ella.

—Ya pasa de la medianoche —comentó cabizbajo Fenicio.

China asintió con la cabeza de pelo cobrizo, donde parecía nunca pasarse el peine después de soltarse los rizadores. Luego dijo sentenciosa, —Ésa es una mujer sin dueño, aunque es posible que tenga hombre. Pobre de ti, Fenicio.

—No me vengas con tus cuentos —respondió Fenicio exaltado—, si tuviera hombre sería su dueño y no anduviera aquí sola.

—Entiendes poco de mujeres, Fenicio. A ver, dime, ¿por qué no?

—Porque no tendría sentido —dijo el muchacho muy seguro de sus palabras.

—Y según tú, ¿qué tiene sentido? —China siguió interrogándolo con malicia.

—No lo sé. ¿Tú cómo sabes lo del hombre? ¿Te lo dijo?

—Yo lo sé porque lo sé.

—Mucho misterio. ¿Ella te lo dijo?

—Ya irás distinguiendo.

—¿Qué cosa, China? —preguntó suplicante Fenicio.

China lo contempló unos instantes con la compasión que se siente por un hijo que crece sano; luego lo despidió y retomó mecánicamente el ritmo de las agujas. El resto de la noche tuvo un pensamiento para Chino y un recuerdo para los árboles de copa ancha que crecían en la orilla del río.

7. El sueño

Esa tarde Francis pensaba visitar a su madre, tal vez hasta pasaría un par de días con ella, no más. Después de los primeros días empezaban a brotar las espinas. La madre aún le reprochaba que los hubiera abandonado, nunca pudo entender que ella buscara su independencia si, argumentaba, con ellos lo tenía todo. Señalaba a Alberto como la causa del abandono, pese a que él había llegado a su vida años después. La madre lo sabía, pero mencionarlo era otra manera de protestar porque su hija había salido soltera de la casa y no vestida de blanco, como ella lo deseó siempre. Por su lado, Francis no perdonaba que la madre le hubiera ocultado el deterioro de la salud del padre. Lo supo cuando la situación era irremediable. Así pues, Francis se rehusaba a entender que también para la madre esa muerte había sido una sorpresa. El viejo padecía una enfermedad crónica, nada alarmante en realidad, sin embargo una mañana amaneció muerto. Francis creyó siempre que su madre le había ocultado la gravedad del padre para castigarla. Se querían, pero esos desencuentros derivaban en una relación difícil.

Tomó el teléfono para anunciarle su visita. No hubo respuesta. Esperó. Se tumbó en la cama y encendió un cigarrillo, lo consumió y volvió a marcar. Nadie respondió. A pesar de que mantenía a su madre alejada de lo que se relacionara con Alberto, ahora quería hablar con ella abiertamente de él, de su padre, de la relación tirante y ríspida entre ellas: todo lo que era causa de su dolor y distanciamiento.

Desde la cama observó, enmarcado por la ventana, un retazo de cielo azul deslavado, casi blanco. Era una pantalla donde descansó la mirada hasta quedarse dormida. El sueño le presentó a una niña que jugaba en el patio a la hora que el sol lo inundaba de luz. En una jardinera vacía, larga y honda, hacía equilibrios sobre el angosto remate de las paredes de ladrillo. Primero despacio, con mucho cuidado, pero a medida que tomaba confianza aceleraba el paso. El pie de la niña era del ancho del remate. No sentía temor, seguía corriendo por la orilla hasta que resbalaba y caía de golpe, a horcajadas. La niña quedaba con las piernas colgando. Sentía un dolor intenso en el sexo, ardor en las raspaduras de la entrepierna. Luego la humedad. Se bajaba de la jardinera y se revisaba el calzón de olanes: asustada descubría una mancha de sangre.

El frío despertó a Francis algunas horas más tarde. Hacía tiempo que no tenía ese sueño, pero ahora no era el momento de pensar en él ni tenía ganas de hacerlo. Se metió bajo el edredón y encendió otro cigarrillo. Las ascuas ardieron en la penumbra de la habitación. Los ruidos callejeros llegaban casi apagados, como si viajaran desde lejos. La oscuridad del cuarto y la sensación de lejanía del mundo la mantuvieron inmóvil sobre la cama, serena, con los ojos cerrados.

Antes de que se fuera la última luz del día salió a conocer las calles del barrio a donde se había mudado. Quería sentir en la piel los filos rajantes del frío.

8. El pleito

La nieve cesó. Las calles tomaron su semblante habitual entre baches y charcos de agua pestilente. El pálido sol de los primeros días de marzo recobraba fuerzas, templaba los días. Sin embargo para los trasnochadores nada había significado el duro invierno, para ellos la vida acontecía en cualquier tugurio, indiferentes a su propio desgaste, al paso del tiempo. A las mujeres que allí fatigaban las horas, el mundo algo les robaba cada noche al vaivén de tonadillas y cuerpos anhelantes.

El hombre del monólogo regresó una de aquellas noches, buscó a Francis y retomó su discurso. De pronto se interrumpió, la sujetó por el brazo y quiso sacarla de ahí. Ella se zafó y cambió de banco, pero el hombre, ebrio, la siguió y jaló con más fuerza.

—¡Déjeme! —ordenó Francis molesta.

—Señora . . . por favor . . . acompáñeme.

—Déjeme tranquila, se lo ruego.

Fenicio, que observaba todos los movimientos de Francis, se acercó.

—¡Lárgate, no ves que la señora no quiere!

—Con usted . . . no es . . . el asunto —replicó el beodo.

Francis, previendo el desenlace, se retiró del lugar. Después de verla salir, Fenicio se lanzó sobre el otro con un puñetazo sin mucha fuerza. Pese a su estado logró mantenerse en pie, apenas balanceándose un poco. Antes que se repusiera del golpe, Fenicio le propinó otro puñetazo en la quijada que lo tumbó ruidosamente, pues al intentar sujetarse de la barra el hombre se llevó vasos y botellas al suelo. Fenicio trató de levantarlo de las solapas de la gabardina, pero el otro resistió el jalón. Los dos forcejearon en el suelo, torpemente, por varios minutos, hasta que Fenicio fue capaz de levantarse. A empujones lo lanzó contra las puertas batientes. El beodo cayó de boca en un charco.

Katia observaba rabiosa, ¿quién se creía que era ésa? Más tarde, cuando llegó Varela el Joven, lo puso al tanto de lo ocurrido. A él lo fastidiaban los pleitos, no quería problemas, pero echar a los indeseables también era obligación de Fenicio. Además, las mujeres que entraban a Las Dunas sabían a qué atenerse. Varela el Joven cedió al capricho de Katia y dio la orden a Morra.

9. Pronto pasará el invierno

Francis se sentó en el escritorio. China en un sillón raído, frente a ella. La oficinilla era fría y sucia. La alfombra parda alguna vez debió tener color. Por encima de la cabeza de China colgaba un paisaje desértico pintado sobre panilla, en tonos amarillos y naranjas.

—Dice Morra que para ti ya no hay servicio —dijo China secamente.

—¿Por qué? —preguntó sorprendida. —¿Por lo que pasó la otra noche con ese impertinente?

—Son órdenes de Varela —China hizo un mohín con la boca y se chupó los dientes—. Alguien se quejó, no sé quién.

—¿Me puedes decir qué clase de quejas proceden en esta covacha? —preguntó Francis en tono sarcástico. Luego solicitó un cigarrillo. China lo sacó de un cajón del escritorio, se lo entregó encendido y volvió a ocupar su lugar bajo la panilla.

—En este lugar el padrote es Varela, yo nomás te la paso al costo. Si fuera mío —de nuevo se chupó los dientes—, como si fuera tu casa.

Francis ya no escuchaba las palabras de China. El cuadro de burdas pinceladas que tenía frente a ella reclamaba su atención. Lo miró fijamente. Las dos mujeres entraron en un silencio muy largo. El color traía a su memoria la imagen del patio, colmado de sol, de la casa materna. El sueño. La sangre.

—¿Cuál es Varela?

—Un flaco vestido de negro que se sienta con Katia en la mesa grande, al fondo del salón. El único con tejana negra.

Francis miró con simpatía a China. Estaba lista para partir. Se sacó del anular la argolla de las piedritas verdes y mientras la depositaba en la mano de China dijo, —De cualquier manera ya no importa. Muy pronto pasará el invierno.

10. Primera condición del artificio

Morra conocía a muchas mujeres, unas más hermosas o más feas; algunas desaliñadas o perezosas; otras inteligentes y sagaces. Nada las hacía imperfectas. ¿Qué era la perfección, se preguntaba, si no la luminosidad del alma alcanzada en ciertos instantes de la vida? Ella era testigo de cómo, en ocasiones, en medio de la oscuridad aquellas mujeres llegaban a ese estado resplandeciente y fugaz. En Las Dunas, Morra lo sabía bien, era la primera condición del artificio.

Las seis de la mañana. Después de despedir al último cliente y a Varela el Joven, Morra cerró la puerta principal; por la trasera salieron ella y los demás. Katia y Nely muy abrigadas del torso, pero con las piernas al aire. China y Morra, que se cuidaban los bronquios, se empalmaron un suéter sobre otro; se cubrieron la boca y la nariz con sendas bufandas.

Fenicio fue el último en salir. Antes de echar a andar por la calle desierta, se enfundó sus guantes de gamuza, levantó el cuello a su chamarra de lana y aspiró el frío y limpio aire del amanecer.

Bajo el puente

Fui a buscar a Martín a pesar de que no le gustaba que llegara hasta el malecón, como era lunes no había gente en el restorán y cuando dieron las siete Mere me dejó salir, me quité el delantal, me cambié la blusa blanca por una camiseta negra que tenía un letrero del har-rock café que Martín me regaló cuando cumplí diecisiete años, y en lugar de los zapatos de tacón que tanto me cansaban me puse mis convers rojos, Martín no quería verme en el malecón porque los otros pasamojados le daban infierno con eso de que yo estaba muy buena, una vez uno le dijo que con una vieja como yo no había necesidad de remojarse tanto, él no aguantaba nada, respondió como lo hacía cuando se sentía amenazado, a golpes y navajazos, si los mirones no los hubieran separado a tiempo, Martín lo hubiera dejado como cedazo, esa fue la causa de que pasara en la cárcel varias semanas, con la ayuda de Mere pude hacer los trámites para sacarlo de allí, él me prestó para pagar los gastos del licenciado y cuando al fin salió libre le pedí que no volviera al puente negro, yo tenía miedo de que el otro quisiera vengarse, pero me dijo que él había llegado primero, que ése era el mejor lugar pa pasar mojados y que si el otro quería bronca mejor, así lo despachaba de una vez, afortunadamente cuando Martín regresó ya no lo encontró, ese día, el lunes, las banquetas que van del restorán al malecón estaban casi vacías, sin gringos ni mojados, hacía mucho calor, la pestilencia de los charcos se mezclaba con el olor a orines que salía de las cantinas, un hombre que desde la puerta de un cabaret invitaba a gritos a ver un espectáculo me llamó con una vocecilla empalagosa, no le hice caso, pero estaba segura que al otro día iba a estar en el restorán molestándome, ese monito me caía mal, me invitaba al cine, a tomar cerveza, pacá y pallá, era deveras odioso, además tenía los dientes podridos, no como Martín que los tenía tan blancos y parejitos, "¡Mónica!", me gritó, pero yo caminé más aprisa, a Martín no lo encontré y le pregunté a los otros pasamojados por él, me dijeron que acababa de cruzar, a esa hora había apenas unas cuantas personas en la orilla del río, como sin ganas de cruzar realmente, me acomodé bajo el puente y para distraerme me puse a mirar las nubes y los edificios de la ciudad que tenía enfrente, eran muy altos, torres de cristal de distintos colores, verde, azul, plomo, negro, . . . el zumbido de los carros me estaba adormeciendo . . . de pronto vi aparecer en el patio de trenes que está al otro lado del río, entre los vagones, a Martín y a uno de la migra, parecía que discutían, levantaban los brazos como si quisieran darse de golpes, el de la migra agarró a Martín de un hombro y lo sacudió, yo y todos los que estábamos de este lado nos quedamos muy atentos a ver qué iba a pasar, yo me asusté mucho porque sabía de lo que Martín era capaz, entonces Martín se zafó y salió por el hoyo que tiene la malla de alambre, bajó corriendo por la rampa de cemento y se metió en el agua sucia del río que le llegaba a la cintura, entonces vi que el cielo empezaba a oscurecerse, "¿qué haces aquí?" me preguntó enfurecido cuando llegó hasta donde yo estaba esperándolo, no le contesté porque esperé a que se calmara, empezamos a caminar por el malecón entre el polvo y los escombros, Martín traía su camiseta de los bulls de chicago empapada y no se diga los shors, cuando la ropa se le oreó un poco regre-

Rosario Sanmiguel

samos por la calle Acacias, allí había un eterno olor a grasa refrita y las banquetas estaban llenas de mocosos, nos detuvimos en una esquina a comer tortas, a mí se me ocurrió que las de salchichón parecían boquitas abiertas con la lengua de fuera, por el pedazo de carne que salía entre el bolillo, a Martín le cayó en gracia lo que dije, agarró una, abrió y cerró las dos partes del pan como si fuera una boca y se puso a hablar con acento gabacho, "¡cuidado, Martín, cuidado!, mejor amigos que enemigos ¿okay?", arrojó la torta a un charco, eran las nueve de la noche, ya no se podía comprar licor en los comercios, por eso fuimos al restorán de Mere, saqué dos coors en una bolsa de papel, caminamos unas cuadras y nos metimos en el Hotel Sady, diez dólares por un cuarto la noche entera, pero nosotros nomás lo ocupábamos unas horas, en el camino le pedí que al siguiente día me cruzara el río porque yo nunca había ido al otro lado, Martín pidió un cuarto en el tercer piso, que era el último, con ventana a la Degollado, desde allí oíamos el ajetreo de la ciudad como un rumor lejano, contra la esquina del hotel hay un anuncio luminoso que echa una luz rosada, y a Martín le gustaba que entrara ese resplandor al cuarto, decía que se sentía en otro lugar, que hasta él mismo se sentía como una persona diferente, me acuerdo que esa noche sentí su cuerpo bien bonito, lo abracé muy fuerte mucho tiempo, hasta que él se apartó de mí, se tomó las dos cervezas y se puso serio, le pregunté qué había pasado, por qué arremedaba al de la migra, me contestó que traía broncas con él por unas gentes que había cruzado, cosas de dinero, dijo así nomás y cerró los ojos, yo esperé a que se durmiera para verlo a mis anchas, grande y fuerte, me sentía feliz con él, a mí Martín me gustó desde la primera vez que lo vi entrar al restorán con otros cholos, todos muy peinaditos, con el pelo patrás bien agarrado con una red, cuando les pregunté qué iban a tomar Martín respondió por ellos, luego que regresé con las cervezas me preguntó por mi hora de salida, más tarde me estaba esperando afuera, Martín tenía las pestañas chinas, se reía con los ojos, eso me dio confianza y me hice su chava esa misma noche, después me dijo que era pasamojados, con el tiempo, cuando nos fuimos conociendo me di cuenta que le gustaba la yerba, eso no me gustó, él se burlaba de mí porque yo era muy chole, no le hacía ni a la mota ni al vino, pero así me quería, pensábamos rentar unos cuartos para vivir juntos, nomás mientras nos íbamos a Chicago, de mojados también nosotros como los pobres que cruzan el río nomás con la bendición de Dios, esos que se meten a los vagones de carga a escondidas a esperar horas, a veces todo el día hasta que al fin el tren se mueve, y ellos allí metidos, ahogándose de calor y miedo, cuando Martín me preguntó si quería irme con él no le resolví, la verdad yo no quería viajar escondida en un vagón como seguramente lo hizo mi papá a los pocos días que llegamos aquí, mi mamá se acomodó pronto en una maquila, en cambio mi papá se quejaba de que no encontraba trabajo, hasta que llegó el día que se desesperó, nos dijo que se iría más al norte, era domingo cuando se levantó decidido a irse, mi mamá y yo lo acompañamos al centro, allí quiso primero entrar a la catedral, después lo dejamos a la orilla del río con una maletita en la mano, fue la última vez que lo vimos, nomás de acordarme deso me puse triste, me dieron ganas de besarle a Martín las lagrimitas tatuadas que tenía junto al ojo izquierdo, una es de la primera vez que me trampó la ley, la otra de cuando murió mi jefa, me dijo una noche que estuvimos juntos, la telaraña que tengo en la paleta izquierda es de una apuesta que le gané a un compa muy chingón, el que perdiera le pagaba al otro un tatuaje en el mejor tátushop del chuco, cuando abrió los ojos yo tenía tanto pensamiento revuelto en la cabeza que volví a preguntarle por el de la migra, al principio dijo que no tenía importancia, pero le insistí mucho y acabó contándome, "ese verde se llama Harris", me dijo, "lo conozco desde hace mucho tiempo, casi desde que ando en esto, empezamos a trabajar muy bien, sin broncas, pero después ya no porque me quiso pagar cualquier baba, me pidió gente para camellar en el chuco, le pasé sirvientas, jardineros, meseros y hasta un mariachi con todo y los instrumentos, eran pa su cantón y el de sus compas, me pagaba bien, si la bronca empezó cuando crucé gente pa la pizca del chile en Nuevo México, porque también los llevé hasta las meras labores, como era más riesgo le pedí más feria, no me quiso pagar y nos bronqueamos, además ahora anda en tratos con el güey que piqué por hocicón ¿te acuerdas?, a mí nomás que me dé mi feria", terminó de hablar y me abrazó, "no te asustes, Moni, no es la primera vez que tengo broncas con los de la migra", nos besamos y otra vez a sentir, salimos del cuarto a tiempo pa que yo tomara el último camión que iba a la Felipe Ángeles, esa noche tardé mucho en agarrar el sueño, así me pasaba después de que me acostaba con Martín, nomás me estaba acordando del, además estaba preocupada, por fin me quedé dormida cuando decidí que ya no quería ir al otro lado, al siguiente día me colgué un collar de cuentas de colores y una bolsa de mezclilla donde metí unos pantalones pa que Martín se cambiara los shors mojados, llevaba la intención de invitarlo al cine, pero apenas llegué al malecón me llevé el tamaño susto porque alcancé a verlo entre los vagones discutiendo con el mismo hombre, creí que Martín iba a sacar la navaja, pero luego de unos minutos el otro desapareció y Martín cruzó rápidamente para el lado de acá, "¡vámonos de aquí, que soy capaz de reventarlo!" me ordenó en cuanto me vio, nos encaminamos al restorán de Mere y nos tomamos una coca, Martín se tranquilizó y yo aproveché para decirle que había cambiado de planes, a él no le pareció, dijo que iríamos a como diera lugar, para Martín era un reto, me dijo que el verde le tenía miedo porque lo había amenazado con ponerle dedo, además su turno de vigilancia ya había terminado, él estaba seguro que ya se había largado, las razones de Martín no me convencieron, estaba arrepentida de haberlo ido a buscar, lo único que quería era desaparecer de ahí, Martín se enojó conmigo, a rastras me llevó al malecón, a empujones me subió al tubo de llanta que usaba como balsa, "¡no te muevas que es cosa de unos minutos!", jaló el tubo despacio para que el agua no me salpicara, serían las tres de la tarde, el sol aún estaba alto, se reflejaba en el agua turbia, bajo el puente, mujeres y hombres esperaban su turno para cruzar, arriba, en el puente, otros con los dedos enganchados en el alambrado miraban a todos lados, nos miraban a Martín y a mí, a pesar del miedo que llevaba me ilusionó pensar que allá nos quedaríamos el resto del día, que íbamos a caminar por las calles de una ciudad desconocida para mí, eso me entusiasmó, miré el cielo azul, la Montaña Franklin, los edificios de colores, un cartel enorme de los cigarros camel y más abajo los vagones del tren, en ese momento escuché un disparo, ya habíamos llegado a la otra orilla, alcancé a ver que un hombre se ocultaba entre los vagones, era un hombre con el inconfundible uniforme verde, "¿qué pasa, Martín?" le pregunté paniqueada, "¡agáchate!", gritó al mismo tiempo que se ocultaba tras el tubo, se oyó otro disparo, Martín se dobló, el agua oscura del río lo cubrió, grité aterrada, quise bajarme del tubo, pararme o hacer algo pero el miedo no me dejó, busqué auxilio con la mirada, ya no había ni un alma bajo el puente, tampoco arriba, por ningún lado, sentí que todo era lejano, los chiquillos que jugaban en las calles polvosas, mi casa, el restorán de Mere, el Hotel Sady, la catedral, su escalinata y los pordioseros, el último día que vi a mi padre, sentí un ardor intenso en los ojos, es el sol de agosto pensé, los cerré con fuerza y vi cuánto silencio arrastra el río.

La otra habitación
(Segunda mirada)

Desde la ventanilla del avión miré sorprendida el color blancuzco de los médanos, como si los viera por vez primera. Sentí un estremecimiento. Además de la belleza del desierto y de la inevitable sensación de pureza que me causaba contemplarlo, al final del viaje aterrizaría en Juárez, y pese a que mi estancia sería muy breve, lo único que realmente me inquietaba era el enfrentamiento con Alicia.

Las primeras noches fue difícil conciliar el sueño. Nuestros cuartos se comunicaban mediante una endeble puerta que me permitía escuchar las conversaciones de Cony con el visitante. Era un hotel modesto y céntrico, cercano a la notaría, que frecuentábamos Adrián y yo los primeros años, mucho antes de que llegaran los hijos, escapadas necesarias para cambiar de aires, lejos de donde fui a vivir con él, su hermana y su madre, el mismo hotel al cual años más tarde, cuando ya todo estaba perdido, volvería para convencerme de que aquello había muerto. Después entendería que eso no era lo importante, sino lo que se aprehendía por un segundo o medio siglo, pero que al final, sin posibilidad de escape, nos dejaba oscilando entre la memoria dolorosa y la cínica aceptación.

Contrariamente a mi costumbre, los días que permanecí en el hotel me levantaba tarde, trataba los asuntos notariales después del mediodía y de regreso compraba los periódicos capitalinos para sobrevivir el resto de la tarde. Al anochecer, en el café más próximo, pasaba un par de horas con una cerveza y un sándwich, luego volvía al cuarto aliviada por haber terminado un día más de trámites. En cierta manera llevaba el horario que Cony me imponía, indirectamente, con su vida nocturna: hasta que ella agotaba sus fuerzas se abría el silencio para que abordara el sueño.

—Cony, dijiste que hoy irías conmigo. Esta tarde llegó un cargamento importante y a Lucho no le gusta esperar.

—Si quieres ve tú. Yo tuve un día pésimo, con una jaqueca terrible.

—Me lo prometiste. Tú bien sabes que me gusta que me acompañes a todos lados.

—Eres un latoso, cariño, déjame en paz.

—Cony, esto no puede esperar. ¡Anda, levántate!

—Bobo, ¿no ves que no me siento bien? Háblale y dile que mañana vamos.

—Me paso de buena gente contigo, pero eso se acabó. ¿Entiendes? ¡Se acabó!

—¡Ah! Ahora vienen las amenazas. ¿Por qué no te chispas de una buena vez?

—Corres con suerte, Cony. Tengo prisa y el asunto con Lucho es demasiado importante, ¡así que me largo!

—Roberto, cariño, ven acá, no te vayas así. ¿No ves que tu Cony ya no tiene veinte años? No seas malito y trata de entenderme.

—Vístete pronto, anda. Tenemos que recoger ese dinero con Lucho. Te espero abajo, en el bar.

Iba de la cama al tocador y del tocador a la ventana. A través del cristal repasaba una y otra vez los rótulos que alcanzaba a ver: Woolworth, Café El Norteño, Bar Mr. Frog, Café Ideal, Bombay Dancing Club. En la calle el movimiento era incesante, el bullicio ensordecedor, pero en el cuarto Alicia y yo hacíamos largos silencios. Ninguna se decidía a hablar de una vez. La tarde que me entrevisté con ella, cuando se instaló en el sillón dispuesta a pelear, su perfume invadió la habitación. Aspirar ese aroma me llevó al recuerdo de una situación lejana en el tiempo, aquellas primeras veces cuando simulando que la clase era para los estudiantes, Fernanda se empeñaba en demostrarme la poesía que regía las leyes del universo. Tal vez tengas razón, le dije después, luchando por no quedarme en la contemplación ya no de sus ojos, sino del oscuro destello que había descubierto en su mirada. Entiendo que te apasionen los cuerpos y la relación de fuerzas entre ellos, pero yo prefiero las palabras, por ejemplo, si digo . . .

—Anamaría —oí que me llamó Alicia sacándome de un capítulo del pasado para llevarme a otro donde coincidíamos ella y yo—, escúchame, comprende lo penoso que es esto para mí. Adrián sabía que tú no la necesitabas, que con la casa que habías comprado en Monterrey te bastaría. Nunca lo concretamos legalmente porque desde que tú te fuiste su vida se volvió un completo desorden, hasta el día de su muerte.

—Desde antes lo era. Tú lo sabes tan bien como yo.

—Bien, bien. No vine a discutir eso.

—Sí, lo que a ti te interesa es la propiedad. Entiendo.

—Es la casa que fue de mis padres. Además, a ti no te hace falta, y si antes no querías vivir ahí, menos lo vas a hacer ahora.

—Tienes razón en cuanto a eso. No pienso regresar a esta ciudad.

La hermana de Adrián tenía el mismo semblante que él: los ojos azules, saltones, de mirar nervioso; la boca pequeñísima en una mueca de niña mimada. Su actitud, el ritmo de sus movimientos, la modulación de su voz, todo en ella la delataba como hija de familia, ahora venida a menos. Mientras encendía un mentolado esperé pacientemente su respuesta. Yo no tenía interés en conservar la casa, para mí sólo significaba un mal recuerdo.

—Te lo voy a plantear claramente. Sé que nunca fui de tu agrado, ni mamá tampoco. La razón no viene al caso ni siquiera mencionarla.

—De acuerdo —respondí con firmeza.

—Las cosas andan mal, por lo tanto la casa para mí sería una gran ayuda. Tal vez hipotecarla, no sé, alguna cosa se podría hacer. Desde luego, si tú estás de acuerdo.

No respondí. De nuevo fui a la ventana. Pobre Alicia, ¿dónde quedaría toda su arrogancia? ¿Cómo pudo tragarse el orgullo para venir a pedirme esto? En la acera de enfrente un hombre tocaba un acordeón. Lo había visto de cerca el día mismo de mi llegada. Tenía una bola del tamaño de una pelotita de ping pong en la mejilla derecha, cerca de la nariz, rojiza y brillante, cubierta por una piel delgadísima, como si estuviera a punto de reventar. Por unos instantes me distraje con los movimientos de sus dedos sobre las llaves, por la rapidez con que los movía supuse que tocaba una melodía muy viva.

—¿Qué me dices, Anamaría? ¿Crees que podremos llegar a un acuerdo?

Para mí estaba claro el asunto. Nunca había contado con la propiedad, ni ninguna otra cosa para mí o para nuestros hijos. No sólo su muerte había sido una sorpresa, sino enterarme además, que después de nuestra separación, Adrián había adquirido un seguro de vida en favor nuestro. Ahora Alicia reclamaba la casa y yo le concedía razón, hasta cierto punto, sin embargo no estaba dispuesta a facilitarle las cosas. Recordé a mi suegra, la mujer posesiva y dominante que les había tocado a ellos por madre. Con cuántos celos reaccionó a nuestro matrimonio. Había llegado yo a romper el triángulo amoroso, la relación perfecta entre ellas y

Adrián. Que de vez en cuando él se diera sus escapadas con diferentes mujeres era suficiente, después de todo era hombre, pero que llevara a una mujer, a su esposa, a la casa familiar, les había resultado intolerable. Un portazo me regresó al cuarto: Alicia no resistió la espera y salió furiosa.

Desde el otro lado del muro llegaban voces, ruidos y risas. Yo quería estar ahí, olvidarme de Alicia, de la casa, sobre todo de Adrián, de su muerte y mi retorno a esta ciudad híbrida, caótica, violenta y polvosa. Claro que comprendía el interés de Alicia, no la juzgaba mal por defender lo suyo, pero fui yo y no ella quien alguna vez rescató la casa de manos de los acreedores. No pensaba recordárselo. Lo único que quería era terminar con todo eso lo antes posible.

Aquella tarde detrás de Alicia salí yo, justo en el momento que Roberto cruzaba el pasillo. Supuse que venía de la habitación de Cony, a quien yo nunca había visto. Por su voz grave la imaginaba entrada en carnes, siempre vestida con colores llamativos, el cabello cayéndole a los hombros, quizá de unos cincuenta años. Cuando él pasó a mi lado me lanzó una mirada fugaz, no por eso menos escrutadora; hubiera podido describirme detalladamente. Bajamos juntos la escalera, él algunos peldaños adelante. Vestía un traje oscuro de corte vaquero, botas también vaqueras y camisa azul clara, sin corbata. El pelo castaño, abundante, le cubría las orejas. Iba muy perfumado. Cuando estuvo frente al mostrador de la administración platicó familiarmente con el empleado, el cual oía con atención y respondía con respeto, como si se dirigiera a su patrón.

—Señor Tejera —le dijo el muchacho—, ayer vino a buscarlo una persona. Lo esperó toda la tarde, me preguntó si usted vivía aquí.

—¿No te dijo su nombre?

—No quiso. Mencionó que venía de Ojinaga, que mañana salía a Chicago y que le urgía hablar con usted.

—Si vuelve a venir dile que deje su nombre. Y ya sabes, no des ninguna información.

Tejera adornaba su muñeca izquierda con una gruesa pulsera de oro, y el meñique de la otra mano con un anillo de escandalosa piedra brillante.

—Muy bien, señor. ¡Ah! y, ¿sabe? Quiero pedirle un favorcito, bueno, es para un sobrino mío que viene de Camargo; anda buscando trabajo. ¿No podría usted colocarlo en algún sitio?

—Mándalo al bar de Lucho esta noche. ¿Cómo dices que se llama?

Tejera escuchó el nombre, giró algunas instrucciones y pasó frente a mí —que los oía aburrida, mientras me abanicaba con una revista, apoltronada en un raído canapé a un lado de la puerta—, sin verme.

—¡Qué barbaridad! ¡No es necesario meterse en tantos líos! Tú manténte alejado, Boby, por favor.

—¡Bah! No te dejes impresionar. La mitad de lo que ese mentecato dice es mentira.

—¿Estás seguro, cariño?

—¡Claro! Si tú no hubieras estado esta noche no hubiera alardeado tanto. El muy pendejo siempre quiso impresionar, sobre todo a las mujeres.

Imaginé a Cony cambiar su vestido negro por una bata ligera, también negra, imaginé que se dirigía al tocador a mirarse en el espejo mientras cepillaba su cabello, que por el timbre de su voz creí largo y ondulado, color caoba. De pronto dejé de oír a Tejera. Seguramente, pensé, nunca se quita el anillo ni la pesada esclava. Una puerta se cerró de golpe. Fui hacia la ventana, me pareció verlo pasar bajo el anuncio luminoso del hotel. Me tendí en la cama a esperar cualquier cosa, el retorno de Tejera, la visita nerviosa de Alicia o, en el mejor de los casos, escuchar el tenue rumor de los pies descalzos de Cony sobre la duela. Lo que oí fue una musiquita melosa seguida por una voz atronadora que anunciaba la estación radiofónica. Después de largos minutos oí el golpe de la puerta otra vez.

—A mí no me sirvas. Bueno, un poco.

—Lo impactaste, de seguro querrá saber todo de ti. Habla y habla sin parar, inventa, se adorna el muy padrote. Es su estilo. La otra noche, después de checar el cargamento, nos metimos en un cabaretucho. Para pronto se ligó a una bailarina grandota, de piel muy blanca con cara de niña. No tendría ni dieciocho años, te lo juro. La invitó a la mesa, le compró un trago y empezó a contarle una historia totalmente falsa. Le dijo que trabajaba en Arizona piloteando un helicóptero de rescate de la Cruz Roja. La de cosas que inventó, aventuras fantásticas, toda la noche le hizo al héroe.

—Pero, sí pilotea un helicóptero, ¿verdad?

—¡Por supuesto que no! ¡Vamos, Cony, no seas ingenua!

—Si no es ingenuidad, lo que pasa es que tú eres un malpensado. ¿Qué te importa si me impresiona o no? Para mí nomás es un muchacho, encantador, pero un muchacho a fin de cuentas.

—Espero que no nos acarree problemas. Habla demasiado. A mí nunca me gustó de socio, se lo dije a Lucho desde el principio, y se lo voy a decir ahora. Fue un error meterlo en la fayuca de las motocicletas, ésas, las que llegaron hace un par de día por tren.

—Espera, cariño. ¿No será que estás celoso? ¿Tanto me quieres aún? Ven, acomódate cerca de mí. Mira, ese muchacho ya tiene con ustedes un año, ¿qué no? Nunca han tenido problemas con él, ¿por qué los iban a tener ahora? Olvida lo de esta noche.

—Sí, pero tú sabes cómo está dura la pasada estos días. Hay demasiada vigilancia. No sé ... el otro día me buscó un tipo y todavía no sé quién es.

—Cariño, la fayuca siempre ha existido, de allá para acá y de aquí para allá. Si estos días hay más vigilancia será temporal. Tú lo sabes mejor que yo. Anda, Bobo, Bobito, ven aquí conmigo que me muero de sueño.

A media tarde unos nudillos nerviosos golpearon la puerta. Cuando abrí, Alicia con su cabello color paja permaneció en silencio, sin moverse. Antes de franquearle el paso advertí la expresión inquieta de sus ojos. Parecía que quien estaba ahí era el mismo Adrián. Irritada le pedí que pasara.

—¿Qué has pensado de lo que hablamos, Anamaría? —Preguntó una vez que entró y se plantó muy erguida en medio de la habitación. Llevaba un bolso fino. Había que reconocer su buen gusto.

—Hablamos de varias cosas. Siéntate.

—Sabes muy bien a qué me refiero.

Encendí un cigarrillo y me coloqué en la ventana, a unos pasos del sillón donde estaba ella. Afuera los pájaros se posaban sobre los cables del tranvía en desuso. El sitio del acordeonista estaba vacío. En su lugar una niña tarahumara comía semillas de calabaza y escupía las cascaritas. A su lado las palomas confiadas picoteaban el suelo.

Me di la vuelta y miré de frente a mi cuñada.

—Me pregunto por qué razón, durante todos estos años, Adrián y tú no pusieron los papeles de la casa a tu nombre. Eras su hermana del alma. ¿Recuerdas cuando quise hacerle algunas reformas? Te opusiste. Tal como había quedado la casa después de morir tu madre debía permanecer. Adrián te apoyó a ti.

Sin esperar respuesta miré de nuevo la calle. La niña tarahumara se mantuvo quietecita para que bajaran más palomas. Luego sacudió los pies descalzos contra el pavimento para espantarlas y echó una carrera tras ellas.

—Adrián siempre creyó que volverías. El pobre nunca quiso aceptar tu engaño. Quisiera saber cómo vas a responder a tus hijos cuando sepan por qué abandonaste a su padre. ¿No piensas que puedo contarles la historia de tu adulterio? Recuerda que yo te presenté a Fernanda.

Las palabras de Alicia no me sorprendieron, sabía que ella recurriría a algo así para forzarme a cederle la propiedad. Algo que no pensaba hacer. No por mis hijos sino por mí misma. En el fondo sentía rabia y lástima por Alicia.

—No me importa lo que hagas —agregué sin apartarme de la ventana.

Alicia se puso de pie para ir al tocador. Supuse que se acomodaba el cabello mientras pensaba qué hacer. Tal vez en ese momento se dio cuenta de que yo no la iba a favorecer a pesar de un posible chantaje. Aún así tuvo el valor de pedirme la mitad de la propiedad. No le contesté, preferí mirar por la ventana. La niña corría con la cara hacia arriba; seguía el vuelo de las palomas. En el cordón de la banqueta perdió el equilibrio y cayó de boca en la calle. Su faldita quedó revuelta por encima de la cintura.

—Anamaría, por favor, no te quito nada. Ésa fue la casa de mis padres, ahí nacimos Adrián y yo. ¡No es justo que ahora tú te quedes con ella!

La niña se levantó llorosa. Llevaba la cara raspada y sangrante. Tallándose los ojos caminó hacia la esquina donde la madre tenía un tendido de yerbas. La niña se acomodó sobre los faldones de la madre, se limpió sangre y mocos con la manga de la blusa y dejó de llorar.

—Te la vendo —respondí secamente, después de sentarme en la orilla de la cama.

—¿Estás loca? ¿Cómo voy a comprar algo que es mío? ¡Date cuenta que ahí nací, ahí he vivido siempre! ¡Esa casa es mía! —enfatizó poniéndose de pie nuevamente. Hacía aspavientos con los brazos mientras yo me acomodaba en el sillón que ella acababa de dejar.

—Esa casa me pertenece a mí. Además no me importa tu situación económica. De cualquier manera voy a venderla. Si tanto te interesa cómpramela.

—Puesto que no quieres llegar a un acuerdo pacífico, te advierto que la voy a pelear con abogados —dijo Alicia alzando la voz amenazante.

—Haz lo que quieras. Mira qué buena gente soy, te podría excluir de la venta y echarte así nomás, pero por ser tú la tía de mis hijos no lo voy a hacer. Te doy tres meses para que la desocupes.

Alicia tenía el rostro encendido y las sienes humedecidas. Hubiera querido echárseme encima, insultarme, pero tuvo la cordura suficiente para retirarse antes de propiciar mayor violencia. Apretó su elegante bolso de pitón y salió azotando teatralmente la puerta.

Las voces de la otra habitación se apagaban. Los ruidos de la calle, inagotables, pasaban de la noche al día. Yo, en vela, desde la ventana contemplaba la ciudad cobijada por el leve resplandor del amanecer. El desamparo que respiraba en aquel cuarto de hotel en la madrugada crecía. De cualquier manera no me estaba permitido el autoengaño. Conocía de sobra mis altibajos emocionales para dejarme sorprender por la tristeza que empezaba a ocuparme el cuerpo, tal vez la proximidad de la regla, los síntomas premenopáusicos o la migraña que me martillaba la memoria. Todo se mezclaba en la historia de los abandonos.

Rosario Sanmiguel

Para las horas muertas de la tarde había llevado conmigo un largo poema para traducir. Era un placentero ejercicio que yo misma me había impuesto. Me agradaba buscar la palabra más cercana, cuidar su ritmo, su sonoridad y todo lo que implicaba trasladar el mundo que encierran las palabras —el mundo de otros— a mi propia circunstancia. En mi caso era un delicioso y cobarde gesto.

En tu cama estrecha trazaste un enigma, un garabato más ancho que mi pelvis. Eras pequeña y honda como la urna de mi muerta, limpia y blanca como la niña que creo mi hija, bañada antes de dormir. Siguiendo el derrotero de mis pasos vine con un reguero de cenizas tras de mí. La hora me llegó frente a una botella verde de olivos. Mi padre se acercó a dictarme la sentencia: sería colgada al amanecer: los doctores que charlaban ceñudos apoyaron su deseo. Sé que me pudro y necesito dormir un rato sobre esta mesa de mármol. Si tú no eres mi muerta por qué madrugas en este sueño que urdo con los ojos abiertos. El cargamento pesa y pienso descansar los huesos a un lado de tu cama estrecha. (Una mirada más oscura que la otra me abrazó, un cuerpo más liviano me contuvo). La siguiente mañana estaba entre nosotras —mi verdugo en el patíbulo esperaba perdida la paciencia—, en cuclillas sobre mi cuerpo cantabas una canción que componías delirante, húmeda tu garganta vibró. Nutre este río que se agosta bajo el puente. El rosado salmón emprendía el viaje.

Con el paso de los días advertí sin embargo, que cuando podía continuar la traducción prefería escuchar a Cony y las historias de Tejera. Era una manera de alejar la desolación que empezaba a anidarse en los rincones del cuarto. Inventar una mujer a quien perteneciera la voz que me desvelaba me causaba a un tiempo placer e inquietud. La seguía en cada paso, cada silencio, cada palabra en sus largas y agitadas noches de amor con Tejera. Así, hasta que el día aclaraba por completo, me deslizaba por el tobogán del sueño entre rostros y frases que me hostigaban por uno y otro lado. Finalmente el cansancio me vencía.

Bajaba al lobby para sentirme acompañada de los huéspedes que transitaban por ahí, principalmente gente de campo que llegaba a tramitar papeles de migración. En ocasiones entraba a beber agua mineral al bar. Recordaba los días de Adrián, cuando una joven adolescente cantaba viejas canciones de amor, la misma que años después, a mi regreso con Fernanda, seguía ahí, la mujer que más tarde llegaría acompañada de Tejera. Cuando los vi cruzar el lobby me di cuenta que había fallado en todo. Cony apenas pasaría los treinta años, pero ya no había rastro de su esbeltez juvenil. Verla de nuevo, saber que era la dueña de la voz que yo escuchaba en las noches me agradó. Era una mujer atractiva de rostro anguloso y cabello negrísimo cortado al estilo paje.

Cony y Tejera subieron la escalera de prisa. Yo salí a cumplir con la rutina que llevaba esos días. A mi vuelta, en el cuarto leí los periódicos desconcentrada, sobre todo por la atención que me reclamaban las voces del otro lado del muro. Haber descubierto la identidad de Cony me situaba en un plano diferente, ya no se trataba de imaginarla a ella, o adivinar sus movimientos en el reducido espacio de un cuarto de hotel: ahora quería encontrar sentido a sus palabras tan sólo con la inflexión de su voz; descubrir su capacidad de entrega.

—Esta noche salgo a Chicago.
　—Te voy a extrañar, Bobo.
　—Y yo a ti.
　—Ven, acércate . . . abrázame fuerte. Quiero que sientas mucho a tu Cony.
　—Y yo quiero decirte algo que no te había dicho.
　—¿Un secreto? Soy toda oídos.

　　　　　Rosario Sanmiguel

—Tengo miedo de morir, Cony. Cada vez que me alejo de ti pienso que ya no voy a volverte a ver.

—Anda, no seas tonto, Bobito.

—De veras, Cony. No estoy jugando.

—A ver, explícame cómo te sientes.

—Tengo miedo.

—¿De morir? No seas ridículo, Boby, lo que tú haces no cobra vidas.

—Lo sé, pero eso es lo que siento y no es por lo que hago.

—En cambio yo creo que viviré muchos años más.

—Eso es lo que me puede Cony, que si me muero tú te quedas aquí gozándola.

—Ahora eres tú el que juega. Yo también te hablo en serio.

—Tengo la corazonada de que algo va a suceder, Cony. Es como si algo me dijera que tu vida y la mía van a cambiar.

—No digas sandeces, cariño. ¿Cómo va a ser eso?

—Te digo que la muerte.

—La muerte reviste muchas formas.

—Puede que sí, pero yo te hablo de una muy concreta.

—Si es así como te sientes quiero que esta noche te vayas con la certeza de que te he dado todo, que te he entregado todo lo que soy.

Una de las últimas tardes que pasé en el hotel, en mi habitación encontré a la chica del aseo. Tenía la puerta que separaba mi cuarto del de Cony abierta. Sobre la cama Cony planchaba un vestido mientras platicaba con la chica, que en cuanto me vio trató de cerrar la puerta, lo cual impedí con un ademán. —No me molesta, —agregué, y saqué el veliz y la ropa del clóset. Empaqué rápidamente, luego bajé a revisar la cuenta y a hacer algunas compras de última hora. Cuando regresé la camarista ya se había marchado.

—Perdón —dije dirigiéndome a Cony—, voy a cerrar la puerta.

—¡Ah! Sí, adelante. Espere, ¿tendría por casualidad un hilo blanco? Quisiera reforzar unos botones, pero tengo pereza salir a comprarlo y no me gustaría retrasar más la hora de salida de Rita, la chica de la limpieza.

Mientras buscaba lo que me pidió, ella permaneció de pie en la puerta. Yo podía sentir su mirada sobre mí.

—Gracias —me dijo cuando le obsequié el costurero de viaje que cargaba en el neceser—. Quédese un momento conmigo, —agregó amablemente—. ¿Desea beber algo?

Me senté en una de las poltronas de terciopelo rojo que estaba a un lado de la ventana. Su habitación era muy diferente a la mía, los muebles eran más confortables, más vistosos también, la pequeña mesa circular estaba cubierta con un cursi mantelito de flores y sobre el tocador había, además de una botella de whiskey y otra de brandy, frascos de diferentes colonias, una caja con pinturas para los ojos y una veladora en un vaso alto. A un lado del espejo, en la pared, Cony exhibía un retrato de ella al óleo pintado por algún panillero, de los que abundaban en la zona.

—Usted es la cantante, —dije torpemente, pues no pensé que se daría una situación así, me había conformado con sólo escuchar una voz. También expliqué cuándo la había conocido, incluso las circunstancias. Creí que ya eran suficientes las veces que la había escuchado platicar con Tejera como para abordarla con cierta familiaridad.

—¿Qué la trajo de nuevo acá? Bueno, espero no ser indiscreta. Pero antes déjeme decirle que la veo un poco sombría. Tal vez le haga bien hablar con alguien, —me dijo cálidamente.

Cony acomodó la ropa que acababa de planchar en los cajones del armario. Tiró las colillas de los ceniceros y ordenó la fruta de un frutero que había sobre el buró y que

Rosario Sanmiguel

cambió a la mesa. Después se sentó en el otro sillón, dio un trago a su copa de brandy y se preparó para escuchar lo que yo estuviera dispuesta a decir. Empecé por contarle los pormenores del pleito con mi cuñada.

—Hizo muy bien en cuidar el patrimonio de sus hijos. Pero, ¿no cree que siendo la casa tan grande, como usted me cuenta, debió compartir algo con su cuñada? No crea que siento lástima por ella. Una mujer tan decidida como la que usted describe no la merece, lo digo por aquello de llevar la fiesta en paz. Después de todo, ella también es su familia.

Le hablé de mi matrimonio con Adrián, de nuestro desencuentro, en fin, le conté una historia que nada tenía de original. —No es que todo marchara tan mal, —expliqué al final del relato no sé por qué motivo, como si tratara de justificar la imagen que yo misma acababa de pintar. Quise aclarar lo que había dicho, pero Cony me interrumpió.

—Querida —dijo en voz baja, en un tono más seductor que cómplice—, todos los hombres son unos niños, ¿cómo es que aún no lo sabe?

Conversamos largamente como sólo ocurre entre extrañas. Atentas al relato ajeno reconocimos una en la otra nuestra propia condición. Hablamos también de mis hijos y luego ella me contó la historia de su embarazo.

—Reproches, insultos, amenazas, de todo me dijo, pero nada me hizo cambiar de parecer. Imagínese, una mañana salí muy temprano decidida a abortar. Crucé el puente y me interné en una clínica, en El Paso. Ese mismo día en la noche regresé. Roberto me estaba esperando. No me creía capaz de lo que hice, así que cuando se lo dije se marchó para no volver. Mentira, a los tres días estaba de regreso. En ocasiones los hombres pueden ser muy necios.

—Y muy egoístas —agregué—. ¿Para qué tener un hijo que usted no deseaba?

—Mi pobre Bobo creía que de esa manera me ataba para siempre a su vida. Hubiéramos cometido un grave error. Lo mío es cantar —sentenció con el acento de una mujer plena. —En efecto, los hijos son un lazo de por vida. Aunque, al final, cuando se quiere romper ellos son lo que menos importa. —Lo dije mientras Cony fijaba su mirada en la mía como si hubiera descubierto algo. Me sentí incómoda, pero resistí el escrutinio. Luego se acercó a mí y posó el índice sobre mi barbilla, hizo un mohín con los labios, aún sin bilé, como se hace para besar y observó, —Hay mucha amargura en sus ojos. Voy a serle sincera, no me gustaría verme como usted.

—Cony, usted como cualquier mujer enamorada cree en la felicidad. Pero no se engañe, yo también creo en ella.

Cuando oí lo que dije, la llaneza de mis propias palabras me sorprendió. Habían salido de otra parte de mí, de un espacio de silencios; de un lugar que me negaba a abrir.

Un llanto rebotaba en la soledad de los muros. Llamaba a su madre una niña, tras ella iba por un sendero fangoso, temía manchar sus botitas blancas. Corría, gritaba ciega la muchacha entre los pinos del bosque. Tensaba en su carrera loca los días. La muerte esperaba embozada en la otra orilla. En la hora madura de la noche, la entraña de una mujer amada rezumaba su deseo. La entrega perpetua era un juramento. Las palabras tejían una enredadera; su aliento preñaba el aire de la habitación sellada. En el fondo de la memoria rodaban las cuentas del lazo nupcial.

—Me dejas al último, como siempre.

Busqué a Mamá cuando ya estaba cercana mi partida, de otra manera hubiera tenido que visitarla varias veces. Encontré la casa cerrada. El candado en la reja y el descuido del jardincillo me angustió. Un negro pensamiento me asaltó; lamenté no haberla buscado antes, o tan sólo haberla llamado. Con el corazón contrito esperé, de momento era lo único por hacer. Al rato la vi venir por la acera, además de su bolso de mano cargaba una Biblia y un paquete de café. Me alegró verla caminar con firmeza, con la misma gracia que yo le conocía.

—Ya te expliqué, Mamá. He andado muy ocupada. Tú sabes que no sería capaz de venir a Juárez y no visitarte.

—Eso no lo sé, respondió enfática. Has sido una hija ingrata.

Oír esa acusación una vez más me irritó. Estuve a punto de soltarle yo también algunos reproches, pero traté de calmarme, pues eso nos hubiera llevado a una discusión muy amarga.

—Mamá, Mamá, ¿por qué no dejas de quejarte? Toda la vida he oído esas lamentaciones.

—Ya ves cómo no soportas a tu madre. Por eso no viniste antes.

—No es eso, Mamá. Me enfada oírte decir siempre lo mismo. Te puedo decir lo que sigue de aquí.

Estábamos sentadas en la mesa de la cocina, a Mamá le gustaba el café fuerte, lo compraba en grano y lo molía ella misma. Rítmicamente daba vueltas a la manivela del molinillo, que chirriaba cada vez que cumplía una rotación. Esa mañana, después de un rato, la actitud de Mamá y el ruido del artefacto terminaron por descomponerme el ánimo, por eso la agredí con una pregunta que resumía el asunto de una de nuestras acostumbradas peleas.

—¿No sabes que pudiste hacer otra cosa con tu vida?

Ella, que siempre me sorprendía con el coraje que infligía a sus respuestas, apenas y detuvo un momento su tarea. Yo hubiera querido herirla de verdad, dejarla callada y largarme, pero Mamá era más fuerte que yo.

—Y tú, ¿qué hiciste con la tuya? Dejaste a Adrián, luego Fernanda te abandonó a ti, y sabrá Dios que más habrás hecho. El caso es que ahora estás sola. Sola, como yo.

Mamá se puso de pie y vació el agua caliente y el polvo en su cafetera de vidrio.

—No es verdad. Mi vida es muy diferente a la tuya. Yo tengo otros intereses, en cambio tú nunca supiste vivir sin Papá. Por eso te sientes sola, por eso te refugiaste en la religión. Admítelo.

Mamá dejó reposar el líquido oscuro unos segundos más, luego empujó lentamente el émbolo al fondo del recipiente y enseguida sirvió el café.

—Estoy sola porque a mí también me abandonaste —me respondió con mucha calma cuando de nuevo estuvo sentada frente a mí. Además me echó unos ojos como si el mundo estuviera de su parte.

—Afortunadamente —respondí con sorna, lo pude hacer. Me tenías harta con tus confidencias, tus achaques y tus manipulaciones. Que si la infidelidad, los celos, el desinterés, qué se yo. No te agradezco que me hayas tomado de confidente.

—¿Y qué podía hacer? Tú eras lo único que me quedaba.

—Sí, pero mandaste al carajo nuestra relación, Mamá. Te creía perfecta; sin culpa.

—¡Qué injusta has sido conmigo! ¿Y cuál fue mi culpa? ¿Haber sido una esposa devota? ¿Haber vivido pendiente de él, lista para satisfacer todas sus necesidades?

Mamá no se alteraba, después de todo nada nuevo nos decíamos. ¿Cuántas veces habíamos discutido lo mismo? Más de lo que yo podía aguantar.

—Y ya ves —continuó—, al final de todos modos se fue. ¿Crees que para mí era posible encontrar a otro hombre?

Sentí compasión por Mamá. Entendía bien cuál era la causa de su amargura, el origen de sus quejas. El sacramen-

Rosario Sanmiguel

to del matrimonio, la familia, el miedo, el qué dirán y toda la basura que no logró sacudirse. La compadecía, pero también le tenía coraje.

—Ésa fue tu culpa, Mamá. Haber vivido como un satélite de Papá —respondí con rabia.

—¡Qué dura eres, Anamaría! Pero no veo que tú te encuentres mejor que yo.

Mi madre gozaba diciéndome esas palabras. Era su manera de vengarse de lo que ella llamaba mi ingratitud.

—Ahora no lo ves porque aún eres joven, espera a que sientas el peso de los años. Ya te darás cuenta que desde ahí todo se ve diferente —sentenció.

—Hace tiempo que veo las cosas de otra manera. A ti, tus confidencias, tus manipulaciones. Para mí tú ya no eres la misma. Recuerda que yo nada más soy tu hija.

Fue entonces cuando mi madre se cubrió la cara y lloró. Tenía las manos grandes, bien formadas, perfectas; la suave piel rociada por innumerables pecas; las uñas limadas y esmaltadas. Sollozaba como una niña, y como sucedía siempre, me arrepentí de tratarla con aspereza. Mamá me había vencido. La abracé, le dije que la quería y la consolé como hacía yo con mi propia hija.

Salimos a la calle. El calor de la noche nos recibió con un lengüetazo húmedo y pegajoso. Caminamos algunas cuadras hacia el norte. Cuando llegamos, a un lado de la puerta un anuncio luminoso ostentaba esta leyenda al pie de una fotografía: "Cony Vélez, la voz que enamora". El sitio era amplio, fresco y penumbroso. Había cierto lujo envejecido. En el centro se encontraba un piano de cola y en torno suyo una barra con bancos acojinados. El pianista, un hombre muy pálido de cutis erosionado por el acné, llevaba saco y corbata color melocotón. La música fluía envolvente, los noctámbulos cantaban canciones melosas mientras Cony, muy cerca del pianista, daba sorbitos espaciados a su copa de brandy. Él continuamente la buscaba con los ojos.

En el baño oriné casi de pie sobre el retrete, después me lavé las manos meticulosamente. Antes de salir me retoqué el maquillaje. Cuando me vi en el espejo descubrí que a pesar de las marcadas arrugas que me cruzaban la frente, mi semblante era más ligero que mi ánimo. Al regreso encontré el lugar de Cony vacío. Estaba sentada bajo la débil bombilla que iluminaba uno de los rincones del bar; jugaba con un encendedor que sostenía en la mano mientras charlaba. Me agradó la claridad con que podía ver su perfil; el trazo definido de la nariz y la barbilla; el ángulo preciso de la mandíbula. De frente Cony era otra. La palidez de su rostro y las cejas despobladas, en momentos daban a su cara la impresión de ser un boceto hecho por un dibujante que sólo le hubiera iluminado la boca. Una boca de labios delgados, una boca muy roja.

Cuando Cony volvió a mi lado, uno de aquellos hombres con los que conversaba ocupó de nuevo su lugar bajo la lucecilla de la esquina. Todo en él se daba en exceso: la papada, la barriga, la calvicie.

—Son viejos amigos de Roberto. A ellas no las conozco. El gordo algunas veces lo busca en el hotel, tal vez lo hayas visto antes.

El hombre del que hablaba Cony abrazaba a una mujer de pelo platinado, de vez en cuando se inclinaba sobre ella como si la quisiera besar sin logralo.

—El otro tipo —aclaró Cony— es el dueño de un cafetín, El Norteño.

Ése era un hombre que acicalaba un bigotito a la Clark Gable. Tenía el cabello envaselinado y paseaba un picadientes de un lado a otro de la boca; lo trozaba y sacaba uno nuevo del paquetito de celofán. Él y su acompañante, que continuamente se llevaba una mano al pecho para jugar con los dos hilos de perlas, apenas se hablaban. Cuando el gordo

Rosario Sanmiguel

soltaba a la platinada, él y Clark Gable platicaban y reían a carcajadas. Las mujeres sólo intercambiaban miradas.

Más tarde, una mujer madura vestida de verde, medias y zapatos verdes, tomó el micrófono; interpretó un bolero demasiado sentimental. Peinaba su pelo al estilo de los años cincuenta, un chongo de gajos sujeto con laca. Después le cedió el micrófono a Cony. Era su turno. El lugar empezaba a animarse hacia la medianoche, cuando ella cantaba canciones de María Luisa Landín y Agustín Lara. Los parroquianos que llegaban permanecían de pie; esperaban pacientemente que desocuparan las mesas. Cony tocaba a hombres y mujeres con su voz acerina. Seducir era su vocación, cantar una modalidad. Yo, el pianista y los demás nos entregábamos a ella.

Desde la ventana, torreón seguro, veía arder en el horizonte los restos del día. La hermana de Adrián había vuelto en el último intento por obtener la propiedad. Poco después era tan sólo una embarcación que huía, que se alejaba rápida, derrotada y garbosa por la acera de enfrente. Bajo el brazo izquierdo sujetaba su bolso; el otro brazo como una espadilla la impulsaba.

En la otra habitación Cony me esperaba. La vida se renovaba. La melodía del acordeón se mezclaba con el fragor del mundo. Algunas monedas caían en el sombrero a los pies del músico. Hacia el poniente la catedral soltaba las campanas. Los fieles a misa. Detrás del campanario el desierto devoraba una naranja en llamas. El templo metodista abría sus puertas. Los cholos buscaban sus guaridas cercanas a las vías del tren. Las indígenas recogían sus tendidos de yerbas y dulces. Los gringos cruzaban los puentes para beberse la noche. Los acantonados en Fort Bliss buscaban amoríos en el Callejón Sucre.

Las hilanderas

a Choco

Las moscas revolotean sobre las rodillas de la niña. Fátima las espanta con displicencia, sabe que no las puede alejar. Manuela piensa en la tardanza del tren mientras anuda el cordón que sirve de cerrojo en la petaquilla de lámina negra. En la estación agosto cala más. Los rayos del sol atraviesan las ventanas sin vidrio, permiten ver el polvillo fino que se desprende de las paredes descascaradas; se le meten a la mujer por debajo de la ancha falda de popelina azul y le provocan el sudor que pega la tela a sus muslos. "Fátima —le ordena a la niña sin verla—, ve a preguntar cuánto tiempo más tardará el tren. Esto parece una hoguera".

La niña camina hacia la mesa donde venden los boletos, pregunta y se regresa seguida por el vuelo tenaz de los insectos. El hombre la ve retirarse, levanta con la uña una astilla del filo del mostrador y se la mete en la boca. " . . . o puede ser que más tarde", le grita cuando ella va de regreso. Fátima voltea y su mirada se fija en los círculos que manchan la camisa del hombre en las axilas.

Son las doce del día. Todos esperan. Unos la partida por el único camino que conduce a geografías diferentes; otros la llegada de alguna carta o del periódico de la ciudad.

Manuela detiene la vista en el punto lejano donde los rieles se juntan. A ratos se entretiene contando los durmientes que alcanza a ver, pero hay momentos en que parece hablarle a la niña, aún cuando sólo ella sabe lo que dice. No le importa si Fátima la oye o no. Pero la atención de la niña ahora se encuentra en otra parte; observa la gesticulación del vendedor de boletos: extiende los labios, se acomoda la lengua tras los dientes y escupe la astilla con la intención de meterla en una lata de sardinas que él ha colocado para ese fin a unos cuantos pasos de distancia.

Fátima cuenta seis trocitos de madera y siete con el que acaba de lanzar. Todas las veces falla y los dispersa por el suelo.

El tren llega cuando las astillas forman pequeños montículos dispersos alrededor de la lata. Las dos mujeres lo abordan. Manuela ocupa un asiento en la sombra para refrescarse las carnes, mas pronto calienta el hule y empieza a murmurar quejas que Fátima, acostumbrada a escuchar las murmuraciones de su madre, ignora.

Cuando el tren avanza Fátima busca al hombre de la camisa sudada, pero su vista encuentra el muro amarillento de la estación. A escasa velocidad la máquina bordea el caserío. Desde lejos, las casas se parecen a las crucecitas que su madre bordaba en los manteles de la gringa. En aquella casa primero era el aseo diario, y en los ratos libres la costura, para que nos aceptara a las dos.

Llegamos a El Paso al término de mi infancia, cuando los senos empezaban a despuntar bajo mi blusa. Nadie me lo dijo, pero creí que así me parecería a mi madre, que eso nos acercaría. No fue así. Ella siguió habitando su mundo de voces. Hablaba para sí misma mientras yo crecía solitaria en aquellos corredores ajenos, entre los muebles que las dos bruñíamos a diario con aceites aromados.

Mi madre era una hilandera que conducía la rueca de los días por un cauce inalterable. Marzo era para ella igual que octubre, el verano semejante al invierno. El transcurso del tiempo o las cosas que lo llenaban carecían de valor. Darle sentido a su vida era escuchar las voces que la inundaban.

Muchas veces le pregunté por qué habíamos salido de Malavid. Si para mí el único cambio palpable eran las agotadoras jornadas de trabajo en el bien cuidado caserón de la patrona. Era inútil, me daba alguna explicación a medias, alguna razón que yo no comprendía. Todo envuelto en voces y misterio.

Una mañana inesperada para mí, me dejó encargada con la patrona. La nebulosa que aureolaba su cabeza se desvaneció para dar paso a una mujer clara y firme. Su pesado y redondo cuerpo se aligeró con la luz de las ocho del día. Como si en ese momento hubiera develado un misterio, su acento perdió gravidez sólo para decirme: "Pórtate bien. Obedece a la señora en todo, que no tenga queja de ti".

Oí sus palabras con esa modulación que todavía arde en mi memoria. Aún antes de partir me dio algunas instrucciones sobre el aseo de la casa. Mientras hablaba, parecía que buscaba algo en un punto lejano, siempre fuera de mí. Por eso cuando viene a mi memoria únicamente recuerdo su voz, porque sus ojos nunca se detuvieron en los míos.

La vi alejarse, caminaba apurada por el viento a lo largo de la calle. Llevaba su vieja petaquilla de lámina más vacía que cuando llegamos. Agitaba la cabeza levemente, como si acomodara el vocerío que cargaba. "Madre", la llamé en voz alta desde el fondo del hoyo oscuro y blando donde quedé.

Después de esa mañana yo tomé su lugar en la casa. Por las mañanas salía del sueño delgada y anhelante como si saliera al encuentro de mí misma. Primero, tomaba café con leche en la mesa del servicio, enseguida me abría paso durante la jornada, lentamente, como si cruzara un pantano.

Los días eran largos y tediosos, mas nunca alteré el ritmo del quehacer doméstico que mi madre había impuesto. Entonces era yo quien tejía el transcurso de las horas en las habitaciones silentes de la casona.

Al paso del tiempo mi vida tomó el curso que correspondía a una joven como yo. Conocí a otras muchachas que servían en las casas vecinas. Con ellas empecé a salir, a conocer un poco de las dos ciudades, ahora desdibujadas en mi memoria. Algunos domingos por la mañana, después de acomodar los platos del desayuno en la máquina, me reunía con ellas. Tomábamos un camión que bajaba al centro. Recorríamos de prisa las calles desiertas y cruzábamos el puente Santa Fe, sobre el río fangoso, flanqueado siempre por las patrullas verdes.

Tan pronto como entrábamos a Juárez sentíamos el pulso de una ciudad despierta. Mis acompañantes caminaban ligeras en la densidad de un día colmado de ruidos y de gente. El aire se cargaba del olor que despedían los carromatos con comidas y de los humores de los cuerpos agitados. Así se sucedieron mis domingos: por la mañana ir de una ciudad a otra, ver una película y comer frituras en la calle; al anochecer, cruzar temerosa el río para tomar de nuevo la rueca de los días.

Sólo una vez recibí carta de mi madre. Me decía que estaba bien y me recomendaba que permaneciera en la casa. Aquí no tienes nada, me insistió. ¿Y en El Paso? Un pobre salario, un cuarto con baño y una televisión prestada. Nada me pertenecía, salvo la zozobra de ser cazada en cualquier momento.

Para hacer tiempo, uno de aquellos domingos, las muchachas y yo paseábamos por las calles cercanas al puente, pues las patronas nos esperaban a cierta hora y lugar acordados previamente. Ese día el río corría muy bajo, lo cruzamos fácilmente y nos encaminamos al sitio donde nos iban a recoger, pero una cuadra antes de llegar nos detuvieron y nos llevaron a una celda donde pasamos la noche. A mí no me importó. Las demás gritaban maldiciones para sacar el coraje. Más que miedo sentía cansancio y pronto me quedé dormida en un rincón.

Al amanecer nos llevaron al puente. Los oficiales estuvieron ahí hasta que nos vieron desaparecer en el lado mexicano. Íbamos risueñas y hambrientas. Desayunamos con calma en el café de los domingos, El Norteño, ya sin los desvelados de la noche anterior. Dejamos pasar las horas de la mañana sin prisa, luego regresamos al río para cruzar otra vez y las que fueran necesarias. Cuando llegan a la orilla Fátima se ve reflejada en el agua como el primer día, cuando cruza llevada por Manuela. El espejo del tiempo le regresa la imagen de una niña de la mano de su madre. Las muchachas se adelantan, van con las faldas remangadas, tantean a cada paso el fondo lodoso. Alcanzan el otro lado del río, le gritan para que las siga: "¡Órale! ¡Fátima, cruza! ¡Apúrate! ¡Ahi vienen!" Fátima oye sus voces como si vinieran desde muy lejos rodando por un túnel. Luego pierde de vista a las muchachas. A sus pies, el agua del río fluye lentamente.

Al otro día, cuando está de regreso en la estación de Malavid, siente de golpe que Manuela está muerta. Adentro, en medio de los cuatro muros golpeados por la resolana, sabe que Fátima, la niña de las piernas chorreadas, se ha quedado ahí con su cortejo de moscas. Comprende que su partida, la patrona, su casa y las dos ciudades son fragmentos de un sueño del que apenas despierta.

Detrás de una mesa desportillada, abatido por el sopor de la tarde, un hombre con la camisa manchada de sudor y polvo dormita con la cabeza hundida en el pecho. Antes de seguir su camino Fátima alcanza a ver un hilo de baba que le saca una astilla de la boca.

Rosario Sanmiguel

Paisaje en verano

1

—Parece que va a estallar —le comentó Cecilia a la Gorda Molinar.

La música bullía en sus oídos cuando Cecilia y su amiga salieron a la calle. Antes de emprender el camino lanzó un vistazo al café estudiantil donde Daniel se empeñaba en perfeccionar las diferentes formas de exhalar el humo del cigarrillo: de marinero, de vuelta y media y otras. Por quinta vez esa mañana, la rockola tocó el éxito del momento, "Let it be." Cecilia gozaba la disciplina relajada que permitía a sus compañeras pintarse las uñas de colores y a los muchachos maldecir en voz alta y atreverse a desafiar las órdenes de los profesores.

Lo mejor era ya nunca tener que subirse al transporte del colegio, soportar la mixtura de olores matutinos que le revolvía el estómago: el betún fresco de los choclos del uniforme, el almidón de los cuellos blancos, el cuero de las mochilas, la goma que mantenía el pelo indómito en su lugar, el serrín de los lápices recién afilados y el tufo a huevo con plátano que despedían los alientos infantiles. Aquéllo era sólo el recuerdo del mundo que Cecilia acababa de dejar. No definitivamente, pues aún había algo que la incomodaba y que nada más ella sabía.

Las dos amigas caminaron hacia la avenida Insurgentes, cruzaron los jardines escampados del parque Borunda, por donde paseaban las parvadas de estudiantes. La Gorda dobló en la callecilla que la llevaba a la colonia Burócratas y Cecilia caminó sola las cuadras que faltaban para llegar a su casa, en Las Palmas. Ajena al ruidoso tráfico de carros y caminantes, la solitaria caminata se transformaba en una travesía imaginaria:

La señora Quintela, comadrona en un pueblo remoto, cruzaba el umbral de una pobre vivienda. Una mujer pálida y sudorosa que continuamente se humedecía con la lengua los labios resecos, acostada en un camastro de madera, sentía que empezaba a derramar los fluidos del alumbramiento. Horas más tarde, en las manos de la comadrona, el recién nacido se apagaba. De inmediato ordenaba traer dos palanganas, una con agua fría y otra con agua caliente. La mirada incierta de la madre seguía los movimientos de la señora Quintela, quien con el corazón puesto en el oficio, sumergía el cuerpo inerte del niño en una palangana y luego en la otra . . .

En su casa Cecilia encontró a sus padres enzarzados en un pleito viciado; escuchó el eterno reclamo de su madre —las ausencias y la infidelidad del padre—, mientras él esgrimía como defensa que invertía mucho tiempo empeñado en proporcionar un nivel económico decoroso a su familia. Cecilia los observó unos segundos antes de subir a su cuarto y tratar de olvidarlos. Por obra de su madre encontró su espacio en orden y limpio; lejos de complacerla, su abnegación le dio rabia. En esos momentos, al calor de la discusión, la madre estalló en un llanto histérico que se coló por el cerrojo de la puerta. Cecilia se tapó las orejas con las manos, cerró los ojos y por segundos vio a la señora Quintela bañada en sudor, con el niño en los brazos. Luego tomó del buró

Rosario Sanmiguel

la novela que leía en las noches y se echó sobre la cama con los zapatos puestos.

Cuando la casa recobró el silencio habitual, ya Cecilia navegaba en la corriente de la duermevela, oía el chasquido del agua cada vez que el cuerpecito del niño entraba en una palangana diferente.

2

El vetusto edificio de la Secundaria del Parque —como llamaban los juarenses a esa construcción ocrácea sitiada por la espesa fronda de álamos añosos— no tenía refrigeración. Los alumnos permanecían frescos, con la ropa planchada y olorosa a almidón durante los primeros minutos del día; para la media mañana el intenso calor de junio y el resuello de cincuenta almas aglutinadas en un salón de medianas proporciones, obligaba a los muchachos a deshacerse el nudo de la corbata, a desabotonarse la camisa. Las mujeres en cambio, sólo podían abanicarse o secarse modosamente el sudor de las sienes.

Ese jueves Cecilia llevó un guiñol para mofarse de los profesores con la Gorda Molinar, que apenas lo vio se apoderó de él hasta unos minutos antes de que entrara la maestra de español; fue entonces cuando lo lanzó hacia arriba aunado al grito "¡Ahí va la profa Díaz!" Un compañero lo atrapó y se lo lanzó a otro, éste a otro más y a otro. Cuando la Díaz llegó al aula, encontró al grupo ruidosamente animado con algo muy parecido a un partido de rugby.

—¡Jóvenes! ¿Qué desorden es este? —Gritó enérgicamente al tiempo que el grupo completo se reinstalaba en su lugar, desinteresado en el destino del guiñol, que fue a caer exánime a los pies de Cecilia. Al escuchar la pregunta, ella creyó su deber dar una explicación y se puso de pie.

—El guiñol es mío . . .

—¡Salga inmediatamente del salón! —ordenó la señora Díaz sin consentir mayores detalles. Cecilia no imaginó que esto podría ocurrirle. Cuando los profesores expulsaban a otros ella sufría también el bochorno, pero ahora no se trataba de los demás, era ella quien debía retirarse, caminar veinte pasos al frente y cinco más a su derecha para franquear la puerta. El grupo permaneció en silencio. Nadie salió en su defensa. En ese momento Cecilia se percató de su error, de su inocencia, de su propia ridiculez, así como estaba, de pie, con su blusa blanca, inmaculada, dispuesta a ofrecer una explicación y una disculpa, gestos inútiles para una autoridad sorda, intolerante. Con la boca seca por la frustración se apresuró a recoger sus útiles y salió.

En lugar de esperar el inicio de la siguiente clase decidió recorrer las calles del centro, donde el mundo, el verdadero, según su joven percepción, no estaba regido por ley o autoridad alguna que le impidiera sentirse libre; ir a todas partes para observar todo a sus anchas, para imaginar el esfuerzo de su personaje en el alumbramiento, la angustia de su rostro, la lucha del cuerpo por arrojar una nueva vida, las piernas abiertas . . . Animada por la decisión que había tomado echó a andar por la avenida Dieciséis de Septiembre. Ocupadas por viejos caserones de augusta fachada, las primeras cuadras sólo le ofrecían la soledad de sus jardines acicalados, o cuando más, una fuente con pececillos de colores, muertos de tedio en su círculo de azulejos. A medida que se alejaba del edificio de la secundaria las calles se tornaban excitantes, ruidosas: prometedoras. Fue hasta el momento que cruzó la calle Cinco de Mayo —punto donde en la ciudad se demarcaba el oriente del poniente—, cuando en verdad se sintió dueña de sus pasos.

Después de varias horas de deambular, con la gravedad de sus doce años a cuestas, por calles y plazas llegó a una callejuela estrecha y animada próxima al puente. Ahí estaba

El Norteño, con su llamativa fachada azul turquesa y sus letras de neón que se encendían intermitentemente. Recordó que ése era el sitio del que le había hablado Rosita, la señora que iba a su casa los lunes a planchar. "Ese lugar nunca cierra, allí se va a comer menudo después de beber, en las horas de la madrugada". Sin dudarlo un segundo franqueó la pesada puerta de vidrio, pero antes depositó una moneda en la mano del ciego que pedía limosna en la entrada del café. No por compasión sino por el simple deseo de rozar la piel del hombre sin ser vista por él. Cecilia se entregó a la algazara de los gachupines que jugaban dominó, a la voracidad de los hambrientos, a la mirada oblicua de los trasnochados, a la mano extendida de los mendicantes que se acercaban hasta las mesas, a la desesperanza de los deportados. Quería agotar el mundo en un día. Desde su banco en la barra, contemplaba el espectáculo humano mientras paladeaba la canela en la espuma de un capuchino. De pronto sintió una mano firme sobre el hombro. Tenía junto a ella un cuerpo de abdomen y pecho prominentes, de cabeza chica, pelo muy corto y apelmazado.

—Dame un cigarro —ordenó sin retirar la mano del hombro de Cecilia; en la otra sostenía una vara larga a guisa de bordón.

—No tengo, señora —respondió la niña correctamente.

—No soy señora —replicó con disgusto el hombre, que vestía pantalones muy holgados y calzaba enormes zapatos de trabajo.

—Perdón; no fumo, señor.

—Tampoco soy señor —aclaró impaciente la mujer, tallándose una pelambrera rala que ostentaba sobre los labios llagados.

La niña hurgó con la mirada el cuerpo que tenía enfrente, buscó algún indicio esclarecedor. En los pantalones descubrió viejas manchas de sangre y bajo la camisa garrienta adivinó los senos: frutos agostados pendientes del torso.

—Si no es mujer ni hombre, ¿qué es usted? —preguntó maliciosamente.

—Soy Kalimán —respondió con voz impostada.

Kalimán dio media vuelta y salió del café con la mirada de Cecilia encima.

3

En la biblioteca desierta Cecilia leía un libro de biología afanada en desentrañar algunos misterios. Creía que los conocimientos sobre los microorganismos o las etapas reproductivas de los mamíferos la llevarían a esa comprensión de la vida que buscaba, de sus leyes y su razón de ser.

De vez en cuando levantaba la vista de las páginas para mirar el jardincillo florecer descuidadamente del otro lado del amplio ventanal, que lo separaba de la sala de lectura. Se distraía con una avispa zumbante que volaba sobre las rosas trazando perfectas evoluciones en el aire.

—¡Salga del salón inmediatamente, señorita Riquelme! —escuchó la orden estremeciéndose, mas luego de reconocer la voz le espetó un reproche a la Gorda, que sigilosamente se había acercado a ella.

—Creí que éramos amigas.

—¡Claro que lo somos! ¿Por qué crees que no me delaté? Porque yo sabía que mi amiguita Ceci se sacrificaría por mí sin ningún problema. Date cuenta que a mí el sargento Díaz me hubiera reprobado en todo el curso y no únicamente me hubiera expulsado de clase —explicó la Gorda mientras gesticulaba graciosamente.

—Muy chistosa, Gordita —respondió Cecilia más divertida que molesta.

—Te sentiste muy mal, ¿verdad? Me lo imaginé, pero no es nada, ni te vas a morir. ¿Por qué no regresaste a las demás clases? ¿Adónde te fuiste?

—¿Quién te dijo que estaba aquí? —preguntó Cecilia de nuevo enfadada.

—Tu mamá, ¿por qué?, ¿era un secreto?

—Ya deja de fastidiar y vámonos de aquí.

—¿Y la tarea?

—No vine a hacer la tarea.

La tibieza del aire de la tarde les encendió las mejillas cuando abandonaron el desolado edificio de la biblioteca Tolentino. Los pájaros en los árboles cabeceaban melancólicos los últimos momentos del día. En el camino de regreso a su casa, después de despedirse de la Gorda Molinar, Cecilia se desentendió de la señora Quintela, de Kalimán y otros personajes para recordar a Daniel con la incipiente pasión que le provocaba la vida. Mientras el recuerdo maduraba en su memoria sintió náuseas y un ligero temblor en las piernas. Le ocurría con frecuencia, pero no pensaba decírselo a su madre porque ya veía venir la tormenta. Antes de llevarla al médico trataría de hacer sentir culpable al padre por no estar pendiente de la familia. Aún no le diría nada.

Cuando llegó a la casa recordó que llevaba el estómago vacío, qué alivio, seguramente ésa era la causa de su malestar. Encontró a su madre frente a la estufa, no cocinando ni limpiándola. En los quemadores ardían algunos pañuelos y una camisa hecha jirones. Su madre sollozaba. La debilidad que advertía en ella estaba lejos de su comprensión, la irritaba, por eso se esforzaba en ignorar su dolor y en ser más fuerte que ella. Fascinada con las llamas se acercó a mirar la ropa arder. Muda. Ya nunca podría olvidar la escena, su madre derrotada, el rostro escondido entre las manos, los sollozos, los pañuelos en llamas, el crepitar de los besos de bilé. Cecilia se engañaba, el llanto palpitaba en sus oídos, le quemaba la garganta. *La comadrona sumergía el cuerpo del recién nacido en agua fría luego en agua caliente luego en agua fría* . . .

Subió a su cuarto, se puso el camisón, se metió en la cama y trató de leer. Las sábanas eran blancas, limpias y frescas; pese a ello sentía mucho calor y no lograba concentrarse en la lectura. Tanta agitación y el verano. Dejó la cama para ir en busca de su madre. La encontró en la recámara dormida, vencida por el llanto; miró compasivamente el rostro sereno en el sueño y sintió un fuerte deseo de besar sus labios, sólo el temor a despertarla impidió que lo hiciera. De vuelta en el dormitorio Cecilia se quitó el camisón y se tendió sobre las sábanas. Estaba inquieta, sus manos empezaron a reconocer el cuerpo, los brotes de los senos, el vientre plano, el pubis tierno; sus dedos jugaron con el vello que le cubría el sexo infantil. Nadie creería que aún soy una niña, susurró perturbada. Su cuerpo y sus emociones no armonizaban. Sintió náuseas; la tardanza de la primera regla la angustiaba. Bajó la mano un poco más, sus dedos presionaron la carne púber hasta que obtuvo una sensación agradable. A los pocos minutos también ella se quedó dormida.

4

Cecilia llegó tarde a la primera clase de la mañana. Sin decir palabra alguna cruzó el salón, iba a sentarse en su lugar, el penúltimo pupitre de la primera fila. A partir del momento que había sido expulsada del salón de clase su actitud hacia las autoridades de la escuela cambió. Si no eran capaces de escuchar no merecían respeto. Acomodó ruidosamente los libros en el casillero del mesabanco e ignoró al profesor que se encaminó hacia ella para regresarle un examen que, por no perder la oportunidad, acompañó de un comentario sarcástico sobre su baja calificación. Enseguida escuchó el murmullo de la Gorda en su oreja, seguramente lo remedaba. Apenas sonó la campana, al finalizar la clase la Gorda se puso de pie sin esperar que el profesor abandonara el aula, recogió sus libros, apuró a Cecilia, pasó frente a él y salió sin despedirse.

—¡Qué bárbara, Gorda! Si sigues así te van a expulsar —le advirtió Cecilia cuando se reunieron afuera del salón de clases.

—Ese vejete no se atreve —respondió con voz desafiante.

—Te puede reprobar.

—No creo. Todavía tengo los exámenes finales para promediar.

—¿Tienes? ¡Tenemos!

—Nunca habías tenido calificaciones tan bajas, ¿verdad?

—No, la verdad nunca —admitió Cecilia.

—Se nota. Tienes cara de estudiosilla, de niñita buena de colegio de monjas.

La Gorda soltó una carcajada cubriéndose con su manecilla regordeta la boca. Le gustaba fastidiar a su amiga para demostrarle su afecto. Desde el primer día de clases las dos simpatizaron, la irreverencia de la Gorda atraía a Cecilia, y a aquélla la aparente tranquilidad que despedían las blusas blancas de ésta; el planchado perfecto del uniforme.

—Oye, ¿y a ti que te da por estudiar naturales? —preguntó la Gorda con ganas de seguir la mofa.

—Ya te dije que quiero estudiar medicina —respondió de tal manera, que la Gorda creyó haber preguntado una necedad.

Se dirigieron al café frente al parque, donde encontraron a Daniel. En cuanto él las vio abandonó al grupo de amigos y se paró en la barra, a un lado de ellas. Después de saludarse ninguno de los tres volvió a pronunciar palabra. Él jugó un rato con un cigarrillo que golpeaba contra el cenicero, luego lo encendió para en el acto apagarlo. La Gorda se lo agradeció con una sonrisa sarcástica. Mientras el muchacho tamborileaba nerviosamente el cigarrillo, Cecilia miró sus manos pálidas y nerviosas, sus dedos nudosos. De nuevo sintió un malestar en el cuerpo, una opresión en el pecho, los muslos adoloridos, las piernas débiles, un ligero mareo. El arribo de un grupo de muchachos al galope anunció el cambio de clase. Daniel y la Gorda salieron de prisa, Cecilia en cambio, no tenía ánimo ni concentración para continuar el día. Se despidió de ellos y se dirigió a su casa, pensó que ya era tiempo de hablar con su madre de lo que le ocurría.

En la casa no la encontró, pero en ese momento ya no sentía deseos de hablar con ella, prefirió dar un paseo en bicicleta por los plantíos de algodón que aún quedaban en los alrededores de la colonia, lo cual siempre le proporcionaba una sensación liberadora. Faltaban sólo unos cuantos días para el inicio de las ansiadas vacaciones de verano. Ocho semanas para andar en bicicleta y leer hasta la madrugada, pensaba mientras paseaba por el cauce seco de la acequia que lindaba con el algodonal. Pedaleaba lentamente mientras imaginaba otro relato:

Joaquín y Eloísa van con un grupo de amigos de cacería. Salen de Chihuahua en tres camionetas en dirección a la sierra. Hace mucho frío y en la carretera aún hay rastros de nieve. Llegan por la tarde, varias horas antes de que oscurezca. Unos levantan las tiendas mientras otros preparan una fogata. El campamento se extiende a tres tiendas, una para las mujeres, otra de hombres y la tercera para guardar comida, herramientas y escopetas. La primera noche hay felicidad. Se acuestan temprano, impacientes por comenzar la matanza del día siguiente. Joaquín besa en la frente a Eloísa y ésta se retira a dormir. Nadie sospecha sus planes. A la siguiente mañana salen en grupos, pero Eloísa se pierde. Ninguno la extraña, ni siquiera Joaquín, antes de escuchar un disparo lejano. La buscan y la encuentran aproximadamente una hora más tarde. Eloísa está inconsciente, tirada en la tierra, tiene un agujero de bala entre el corazón y el hombro.

La sangre brota oscura, espesa . . .

Rosario Sanmiguel

Un animal echado a escasos metros de distancia, en medio del camino interrumpió su relato mental y le impidió el paso. Cecilia se bajó de la bicicleta y cautelosamente se aproximó hasta quedar a unos pasos de distancia. Era una perra que arrojaba de sus entrañas a la cría. A medida que la hembra paría cada uno de los cinco amasijos envueltos en sangre y baba, Cecilia, azorada, entraba en una confusión de emociones. Ahí permaneció mucho tiempo, sólo para observar los cuerpos palpitantes junto a las ubres de la hembra. Sintió que de golpe develaba un misterio.

Al regreso, casi al anochecer, hizo un largo rodeo para pasar frente a la casa de su amigo. Encontró a Daniel sentado en el cordón de la banqueta. Al verlo aceleró el pedaleo.

—¡Cecilia, espera! ¿Adónde vas?

—A mi casa —respondió cuando se acercó el muchacho.

Daniel tomó la bici por los manubrios. Ella entendió que debía cederle el sillín, viajar de pie sobre los diablitos.

—Dale al plantío —ordenó la niña maliciosamente—. Te voy a mostrar algo.

5

El sol de junio tiñó de limpio azul el cielo: las vacaciones de verano comenzaron. Como primera actividad esa tarde Cecilia y la Gorda planearon ir al cine. Querían ver una película de Jerry Lewis.

—¡Mira quién está ahí! —dijo la Gorda en voz alta, en cuanto pisaron el vestíbulo del cine Variedades, al tiempo que señalaba con el índice a Daniel. El muchacho estaba de pie fingiendo leer los carteles.

—Ya lo vi —murmuró Cecilia.

—¡Hola! —saludó él echándose hacia atrás una pesada onda de cabello que le cubría la frente.

Tenía catorce años y el cutis salpicado de diminutas y rosadas espinillas, como si tuviera salpullido. Sonreía siempre y sus movimientos delataban su vulnerabilidad, no sabía qué hacer con su cuerpo, ni cuál era su lugar. Tampoco sabía que era hermoso.

Los tres acordaron sentarse en las butacas de atrás, Cecilia en medio de los dos. Era la primera vez que ella y Daniel se veían en otro lugar que no fuese la escuela o la colonia. A ella le agradaba la proximidad del muchacho, y esa tarde, animada por la oscuridad de la sala, sintió como nunca antes el deseo de tocarle las manos. No se atrevió, en cambio se replegó en sí misma, territorio que más seguridad y misterios le ofrecía.

De regreso a la casa caminaron juntos. En el trayecto la ciudad comenzó a vivir la noche: los sucesos detrás de las ventanas, los niños que corrían de un extremo a otro de la calle, las mujeres que platicaban sus cosas sentadas en los porches, los hombres que fumaban en el fresco, las parejas que se perdían al doblar la esquina: todo estimulaba el ánimo encendido de la niña.

A la mañana siguiente Cecilia descubrió manchas de sangre en su ropa interior. Palpó con placer el relieve seco de las manchas sobre la pureza del tejido de algodón. Por fin, la nueva intimidad de su cuerpo fluía plenamente. Leve y serena se vistió para salir.

El día era claro, demasiado claro. El sol incendiaba el follaje de los árboles, quemaba los techos de las casas a la orilla del camino. El aire caliente sofocaba las flores de los jardines. El celaje azul se desplegaba sobre una lengua de asfalto larga y gris que se perdía en el verdor de un plantío de algodón al fondo. En el centro de este paisaje de verano, montada en bicicleta Cecilia se alejaba hasta convertirse en una mancha rojiza y vibrante.

Rosario Sanmiguel

El reflejo de la luna

a Emma Pérez

I. Copper y Luna

Marzo entraba en el calendario una madrugada líquida. El pasto se extendía en lunares verdeamarillos sobre montículos y hondonadas. La escarcha sobre la hierba y el follaje le otorgaban a Memorial Park la apariencia del cristal. Más arriba el firmamento denso, matizado de violeta y rosa prologaba otro día para Nicole Campillo, que miraba desde la ventana de la cocina mientras llenaba de agua la tetera, el horizonte cuajado de luces, la franja ancha y luminosa que formaban a lo lejos las dos ciudades, y un fragmento de luna que apenas asomaba entre el nuberío. Era tal vez el silencio o la luz indefinida de las tempranas horas del día la causa de la vaga sensación que empezó a rondarle por dentro, tal vez algún recuerdo que no lograba precisar en la memoria. Miraba curiosa por la ventana, algo le decía la penumbra que aún envolvía las cosas del mundo; sin embargo, no fue la penumbra sino el silbido de la tetera lo que resaltó un trazo del rostro adolescente —la avidez de los labios— que emergía en su nebuloso cuadro mental. Ahora no había tiempo para detenerse a esclarecer memorias. Era más importante organizar las actividades para ese lunes todavía invernal. Preparó el café soluble en una jarra térmica que depositó sobre una charola de plata en cuyo centro resaltaba el monograma "A" en tipo gótico. Nicole salió de la fría cocina blanca y subió a su estudio por la escalera de servicio que comunicaba los tres pisos de la casona por la parte trasera. De una vez se ahorraba la vuelta hasta el salón, donde arrancaba una elegante escalera con alfombrilla al centro y balaustres tallados, y el insidioso crujir del encino a cada paso que daba. Aún era temprano para despertar a los durmientes.

El mobiliario del estudio lo llevó ella. Había sacado un viejo diván de terciopelo y una mesa de café del espacio que tradicionalmente había servido como saloncito de fumar, e instaló un par de libreros metálicos. En uno guardaba parte de sus libros de leyes y en el otro cerca de dos docenas de novelas mexicanas. El resto eran papeles apilados en desorden. También había acomodado frente a la ventana un pesado escritorio. Todo, salvo la silla de cuero oscuro que ocupaba para trabajar y que había pertenecido a su suegro, lo había adquirido en una tienda de segunda desde el inicio de su carrera. Luego de hacer un espacio entre la montaña de papeles que había sobre el escritorio, Nicole empezó a preparar los documentos de Guadalupe Maza. Confiaba en su capacidad, llevaba cinco años defendiendo *undocumented and migrant workers*, y habían sido muy pocos los casos en que no hubiera logrado por lo menos una mínima indemnización en favor de sus defendidos. En esta ocasión el caso sería difícil. Había motivos para desconfiar del resultado. Dick Thompson era el hijo del director de la Cámara de Comercio, un viejo rico e influyente, amigo de la familia de Arturo, a quien *ellos* le debían algunos favores.

Después de varias horas dedicadas a revisar la documentación que tenía sobre el caso, Nicole, vestida aún con su largo camisón de franela, bajó al comedor a desayunar con su marido. Arturo olía a colonia y estaba vestido impecablemente: pantalón de lana gris, camisa blanca y suéter de cachemira negro con coderas de piel, abotonado al frente. Leía, en el mismo lugar que había ocupado durante cuarenta años, *El Paso Times*. En media hora se pondría de pie para ir a su negocio, tenía por costumbre abrir él a las ocho en punto. Ni un minuto más tarde.

—Buenos días.

Nicole se sentó a un lado de Arturo. Aspiró hondo la fragancia que despedía su piel acabada de rasurar y el aroma del café recién hecho.

—Buenos días. No sentí cuando te levantaste. Debes descansar un poco más, ¿no crees?

—No podía conciliar el sueño, además tengo mucho trabajo.

—Supongo que seguirás adelante con el caso Maza, ¿no es verdad?

—Ése es mi trabajo, —respondió Nicole muy firme.

—Otro abogado del bufete podría llevarlo. ¿Por qué tienes que ser tú, mi esposa?

—¿Qué es lo que te preocupa? ¿Mi salud o estropear la amistad que ustedes han llevado con Thompson?

—La amistad de mi padre con Thompson me importa un carajo. Lo que me preocupa es que él encontrará muy buenos abogados para defender a su hijo.

—¿Quieres decir que no me crees capaz de ganar este caso? —Preguntó Nicole, que ya tenía las mejillas encendidas.

—Lo único que estoy diciendo es que quisiera que mi esposa y mi hijo estuvieran tranquilos. Me gustaría que durante tu embarazo te quedaras en casa. No creo que eso sea mucho pedir.

Nicole no pensaba claudicar, pero como la discusión se tornaría larga y exaltada, prefirió no responder. Ya habría tiempo para discutirlo más tarde.

—Olvídalo. Tú sabes mejor que yo lo que necesitas hacer, —agregó Arturo en tono conciliatorio después de pensarlo unos segundos.

Nicole le acarició la mano. En el anular llevaba su sortija de matrimonio.

—Cuéntame, ¿qué ocurrió? —Preguntó repentinamente interesado.

—Dick Thompson y un amigo se presentaron una noche en la casa aprovechando que sus padres estaban de vacaciones. Según me dice Guadalupe, únicamente estuvieron un rato, pero más tarde, de madrugada, regresó Dick solo.

—Pobre muchacha. Entiendo tu interés, pero además de abogada eres mi esposa y tengo derecho a pedirte que te cuides. Yo también te necesito, —señaló Arturo y se puso de pie. Echó una ojeada a su reloj de pulsera, besó a Nicole y salió rápidamente del comedor.

Para una mujer que buena parte de los veranos de su infancia había pizcado, desde el amanecer hasta la puesta del sol, en los *cotton fields* del sur de Texas, las preocupaciones de Arturo resultaban excesivas. Presentarse en los juzgados, enfrentar a un abogado blanco, o a varios, no sería más duro que tener siete años, ir tras la madre, que también cargaba un costal de algodón, y llevar la yema de los dedos inflamada y sangrante. Nicole tenía treinta y cinco años y era su primer embarazo. No estaba de más tomar precauciones, mas no quería quedarse en casa, tenía muchísimas cosas que hacer. Nicole Campillo salió de la mansión de los Alcántar, en la esquina de las calles Copper y Luna. Antes de arrancar su Honda de modelo atrasado miró hacia el parque. El sol empezaba a calentar los árboles reverdecidos. Una anciana abrigada con un raglán viejo, tirada por un perro salchicha que la obligaba a caminar de prisa, algo le dijo en una voz sin palabras, como un ruido de burbujas reventándose. Nicole le respondió con un movimiento rápido de la mano y echó a andar el carro. En veinte minutos llegó a la esquina de Séptima y Mirtle, estacionó su automóvil negro y entró por la puerta principal. En la ventana un rótulo decía Fernández, Fernández & Campillo, Attorneys at Law. A través de los Fernández, que eran originarios de la región, Nicole se puso en contacto con Kenton, el sacerdote que dirigía el Refugio Católico para Indocumentados, y a quien ocasionalmente ellos ayudaban en casos que no reclamaran demasiado de su tiempo. A esa hora de la mañana ya tenía varios recados de Kenton. Un reportero del *Diario Hispano* trataba de hablar con Guadalupe Maza. Estaba interesado en seguir explotando la noticia con fines partidistas. Los aspirantes a *major* de la ciudad empezaban a diseñar sus estrategias políticas. En cambio para el periódico conservador paseño Guadalupe Maza no era noticia. Si acaso, en los círculos donde se movían los Thompson, la joven era sólo un mal necesario.

Nicole escuchó el resto de los recados; entre ellos uno de Arturo, "te espero en el Dome Grill a las seis de la tarde".

El estetoscopio en la espalda desnuda le causó un ligero estremecimiento; aumentó la tensión que sentía. La doctora era una mujer delgada y alta que se desplazaba en el consultorio con cierta lentitud, quizá con demasiada concentración en su rutina. Tenía el rostro afilado y los ojos muy juntos, parecía que miraban las cosas más de lo necesario. A Nicole le agradaba su doctora, una hindú que pronunciaba las palabras claramente, como si temiera no ser comprendida. Le inspiraba confianza, se sentía segura, pero el tacto vaginal vendría enseguida y ella era demasiado sensible a todo lo relacionado con el cuerpo, sus órganos, las palpitaciones, los líquidos, la sangre. La doctora ordenaba y escuchaba, ordenaba y escuchaba. Y Nicole, obediente, respiraba profundamente también para relajarse. Luego el pensamiento se le iba, la memoria le entregaba otra pieza del rostro adolescente que esa madrugada surgió como un borroso recuerdo.

La doctora la regresó a la mesa de auscultación con voz autoritaria. Su filipina blanca y almidonada estimulaba el olfato de la paciente, olía a almidón recién planchado. "Acuéstese, flexione las piernas". Unos dedos fuertes y seguros entraron en ella. El útero es un camino, pensó Nicole estremecida mientras miraba la luz amarilla del techo. Así como estaba, con las piernas abiertas, se sentía completamente desamparada. La doctora preguntaba lo que necesitaba saber y Nicole respondía con frases breves.

—¿Por qué está tan tensa? ¿Pasa algo? —Interrogó, mientras se quitaba los guantes, la doctora.

—Nada. Sólo que todo esto me hace sentir vulnerable, —respondió avergonzada, como si lo que acababa de decir fuera una tontería.

Los olores del consultorio, medicamentos, desinfectantes y almidón fresco se exacerbaron provocándole náuseas.

—¿Quiere pasar al baño? —preguntó la doctora cuando la paciente se cubrió con la mano nariz y boca.

Nicole negó con la cabeza.

—Ya casi terminamos. Todo va bien. Siéntese de nuevo.

—Es abrir el camino que conduce al centro de mí. Sé que es una idea descabellada, que todo esto es necesario, pero es así como me siento, —explicó Nicole.

La doctora escuchó con atención las palabras de su paciente y asintió con la cabeza a pesar de que no estaba de acuerdo. Para ella esa rutina de auscultación estaba desprovista de interpretaciones subjetivas, sin embargo entendía lo que Nicole sentía en esos momentos.

—Ya casi terminamos, sólo me falta revisar los pechos, —agregó maternalmente.

Tomó un seno y lo sopesó como si estuviera balanceando una manzana en el hueco de su mano. Lo mismo hizo con el otro. Después le preguntó sobre la última fecha de su menstruación. Hizo algunos cálculos y sentenció: aproximadamente en veinticuatro semanas dará a luz.

—Seis lunas, —respondió Nicole pensando en voz alta.

II. Cotton Field

A la vera del camino lodoso, la casa de madera aún estaba sumida en la oscuridad cuando la madre de Nicole se levantó. Mientras se cambiaba de ropa recordó que la niña cumplía nueve años ese día. Era el mes de junio. Ella y Nicole lo fatigaban en el campo, bajo el sol del sur de Tejas. La niña sabía cómo desprender la borra del cáliz; también cuánto pesaba el costal cargado y cómo ardían los pinchazos en los dedos.

La mujer se cepilló el pelo y lo cubrió con una pañoleta anudada bajo la barbilla. Se cambió el albo camisón de algodón, húmedo de sudor en la espalda, por una blusa ligera de manga larga y una falda de vuelo amplio. Frente al espejo del botiquín recordó las palabras de la abuela. Decía que al paso de los años Nicole se parecía más a su madre: las cejas finas, arqueadas y negras; los ojos verdosos; la nariz pequeña y roma, la boca gruesa y el mentón pronunciado. La mujer no deseaba que Nicole repitiera su historia. Si la niña se parecía en algo a ella lo rechazaba con toda su alma. Nicole sería una mujer diferente.

Con ese pensamiento, apresurada salió del baño y se dirigió a la cocina. Apenas tenía el tiempo necesario para preparar las tortillas de harina y el guisado de huevo con papa que llevaría a la pizca ese día. Cuando tuvo el lonche preparado levantó a Nicole, que todavía somnolienta, apenas sostenía el vaso de avena que su madre le daba como desayuno. Minutos más tarde las dos mujeres caminaban a un lado de las vías del tren, Nicole detrás de su madre. Estaba decidida a que su hija no migrara, como ella, que había seguido la ruta del wes con sus padres, y éstos a su vez con los suyos. Las generaciones se remontaban a mediados del siglo diecinueve. Para Nicole la historia sería otra. Su madre se iría a las pizcas y la dejaría encargada con la abuela. Quería educación y una vida sedentaria para Nicole. Así lo hizo. Cuando terminó la temporada en los pueblos cercanos, se despidió de ella confiada en su decisión. Se alejó con pasos ágiles por la estrecha vereda que separaba la casa del camino principal. La niña sintió un levísimo movimiento que, poco a poco, fue creciendo. El suelo, la casa y su cuerpo se cimbraron. Siguió con la mirada a su madre todo el tiempo que tardó en pasar el tren, a unos cuantos metros del patio trasero de la casa de la abuela. Se alejó de la ventana y trató de distraerse para detener las lágrimas. Salió al patio y sólo se le ocurrió sentarse en la mecedora a mirar las nubes que cruzaban rápidas el cielo; a escuchar contrita el silbato del tren.

Nicole salía a la tibia humedad de la mañana, caminaba por el angosto y cenagoso sendero que cruzaba el barrio entre las casuchas de madera. Llevaba un intenso dolor clavado en la boca del estómago. El periplo de la casa de la abuela a la escuela elemental se hacía más difícil cuando llegaba a su último tramo. Ahí le salía al paso el viudo Martín con sus botas viejas y enlodadas —si no atendía a los que a última hora habían corrido a comprar la leche del desayuno— con un dulce en la mano. Luchaba con la repugnancia que le causaba el crecido bigote hirsuto del hombre y sus dientes manchados de tabaco; pero sobre todo con ese olorcillo a rancio que despedía su cuerpo y que cualquiera percibía a varios pasos de distancia. Cuando extendía la mano para tomar el dulce, el viudo Martín le decía en el mejor de los tonos: "Esta tarde te voy a tener un pay de durazno en la cocina", y se metía apurado en la tienda porque las señoritas Krepfel, todavía con el camisón puesto, entre los maniquíes de pasta, censuraban todo lo que ocurría en la calle con sus ojos azules y diminutos.

Las Krepfel eran hermanas gemelas. A sus cincuenta y tantos años llevaban vestidos de algodón iguales, eran solteras y acudían todos los domingos al servicio religioso de las diez de la mañana, con sendos sombreros de ala ancha y moños de colores chillantes. Nicole y su abuela se cruzaban con las gemelas cuando éstas salían por la trastienda rumbo al templo protestante y ellas se encaminaban a la iglesia Saint Jude, en el centro de Yorktown.

La abuela de Nicole, experta costurera, había trabajado con ellas durante muchos años. Pero nunca las gemelas Krepfel le brindaban un saludo si la encontraban fuera de la tienda. La abuela ni siquiera las miraba. Si las señoritas, orgullosas de su ascendencia alemana, la consideraban inferior por ser mexicana, ella también las despreciaba. Entendía que la tienda de modas y el templo protestante habían terminado sofocándolas. La anciana platicaba que las gemelas Krepfel se lamentaban por haber perdido al único hombre que las amó a las dos por igual.

Reclinada sobre la máquina de coser, la abuela de Nicole realizaba su tarea laboriosamente en la trastienda. A través de la mampara advertía el poco movimiento que por la calle trasera se daba la mayor parte del tiempo, pero una mañana de junio, de la espesa cortina de agua que la lluvia formaba, la abuela de Nicole vio con sorpresa acercarse a un hombre bien vestido que cargaba una maletita de cuero amarillo. Sin tocar la puerta el hombre entró al taller de costura, saludó amablemente y se sentó en una silla próxima a la máquina. De inmediato entabló conversación con la abuela, nada que ella no hubiera oído antes, los acontecimientos diarios en los pueblos del rumbo, los quehaceres de la pizca, el mal tiempo, etc. Pero sucedió que una gemela lo oyó hablar con fuerte acento extranjero y pensando que se trataba de algún pariente de su empleada que la distraía de su tarea, salió a despedirlo. El hombre en cuanto vio a la señorita Krepfel se sintió fascinado por las innumerables pecas que le cubrían la cara, cuello, piernas, brazos y manos: todo lo que le fue posible mirar con una ojeada rápida e indiscreta. Se puso de pie y le ofreció la mano. "Atila Hassam, a sus pies, señorita". Luego le explicó —sin soltar la mano lechosa que la gemela le tendía y que más parecía un pájaro atrapado en la manaza fuerte y morena del hombre— que se había atrevido a entrar mientras pasaba el aguacero. La gemela oyó las razones sin poner demasiada atención; escuchaba las palabras de aquel hombre moreno y musculoso, de cabeza en forma de dado, orlada de negros rizos, en un susurro de voz y lluvia. Ante los ojos burlones de la abuela, la escena no sólo se repitió sino que acrecentó la gula del visitante cuando apareció la otra gemela. El turco Hassam, obnubilado con el mar de pecas que estimulaba su imaginación, de nuevo tendió su mano y apresó por unos momentos el pálido pájaro lánguido que la otra señorita Krepfel le ofrecía. Los tres permanecieron de pie, contemplándose, en un triángulo de amor perfecto, mientras la abuela hacía zumbar la máquina de coser y la lluvia combatía el intenso calor de la mañana.

A partir de ese encuentro el turco pasaría largas veladas en la casa de las gemelas. Después de ofrecer, en su recorrido de rigor por el pueblo, los seguros de vida que vendía, entraba a la tienda de modas por la puerta de atrás. Las hermanas lo esperaban con la mesa puesta: ensaladillas diversas, salchichas, pan de centeno, fruta y abundante cerveza, que sólo ellas bebían. Atila Hassam las hacia reír con sus historias del camino. Después de la cena el turco pasaba al taller, donde muchas noches todavía trabajaba la abuela. Detrás del biombo se desvestía y se quedaba en un calzoncillo biquini que simulaba una piel de leopardo. Atila Hassam les mostraba su portentosa musculatura a las gemelas, siempre que ellas se comprometían a frotarle torso, brazos y piernas con aceites. Una de cada lado. La rizada cabellera del turco se despeinaba por las sugestivas contorsiones que con su atlético cuerpo hacía para las señoritas Krepfel. Después de muchas noches de diversión, el físicoculturista se bajó el biquini para mostrarles abiertamente, en la parte lateral de cada uno de los glúteos, sus tatuajes: una nereida y una sirena. Según él representaban a cada una de las hermanas. Se las habían dibujado en Nueva Orleáns. La historia que les contó cuando les mostró las figuras marinas combinaba un sueño, un deseo y una certeza. Esa noche, las gemelas vivieron con el turco el episodio de amor que jamás habían imaginado y que las acompañaría en el recuerdo por el resto de sus días. La mañana siguiente, aún embelasadas con las artes amatorias de Atila Hassam, no entendieron cuando él se despidió para siempre. El turco les dejaba en pago a su generosidad, una cadena que llevaba sujeta al cuello, de la cual pendía una medialuna de plata.

Años después, cuando en las mañanas Nicole cruzaba de prisa frente al aparador de la tienda —las Krepfel desde temprano sacudían el polvo de los vestidos de novia—, sentía sobre ella la mirada fría de las gemelas y los maniquíes. Doblaba en la esquina, cruzaba en diagonal por la gasolinería y llegaba muy alerta a su salón de clases. Ahí la esperaba la *miss* de rostro pálido y pétreo como efigie de un camafeo, lista a reprenderla si acaso la sorprendía hablando español.

Nicole odiaba los *cotton fields* porque alejaban a su madre de su lado. Pero finalmente llegó el día que regresó para quedarse. Tenía cuarenta años: toda una vida en las faenas del campo. Nunca más tendría que madrugar para conseguir el sustento de la hija. Iba acompañada de Jim, un hombre mayor que cada mes recibía una respetable pensión del gobierno, en pago a sus servicios de constructor de carreteras en el condado Wharton, y que pensaba compartir cheque y vejez en un confortable *trailer home* con la madre de Nicole.

También para Nicole el momento había llegado. Todo estaba listo para que siguiera sus estudios universitarios en Houston. Dejaba para siempre Yorktown, pero llevaba en la memoria los *cotton fields* que la habían visto madurar en el rencor y el abandono.

III. Sacred Heart

Nicole llegó al Segundo Barrio, extendido a la orilla del Río Bravo. Sus calles apretujadas y sucias estaban inundadas por las tiendas —electrónicos, ropa usada, baratijas— de coreanos y árabes. En la esquina de Stanton y Rahm a esa hora tan temprana, era poca la gente agrupada en las esquinas para pedir *ride* a Juárez, y ahorrarse de esa manera el pago de la tarifa por cruzar el puente, o bien hacer el esfuerzo que exigía cruzarlo a pie. En el aire circulaba ese penetrante olor a pan recién hecho —que despedía el edificio recubierto de mosaicos verdes de la Rainbow Bread—, revuelto con el tufo a humo. A pocas cuadras de ahí, después de caminar frente a las paupérrimas viviendas de varios pisos, ropa tendida en los balcones, graffiti, signos cholos en los muros y uno que otro mural chicano, destacaba una sólida construcción revestida de ladrillo rojo. Era la iglesia católica Sacred Heart, de bastarda arquitectura, sin atrio y de una sola torre baja. La fachada del edificio se alzaba ante el lugar donde Azuela escribió Los de abajo, en 1915; caserón reducido a un modesto edificio de apartamentos pobres. La parte trasera de Sacred Heart albergaba el Refugio.

Nicole estacionó su carro en una callejuela cercana. Caminó seguida por la insistente mirada de los bordoneros, que bebían cerveza de botellas ocultas en bolsas de papel, apiñados en los callejones. Cuando llegó a la iglesia se abrió camino entre aquéllos que descansaban en los peldaños, a la espera de que alguien llegara a ofrecerles la chamba del día. Pasó de largo y entró directamente en la oficina del reverendo Kenton, a cuyo cargo estaba la iglesia y la organización.

A sus ochenta años, Kenton conservaba una gran vitalidad; se traducía en su andar ligero y en el timbre sonoro de su voz. Vestía sotana siempre y daba la impresión de excesiva pulcritud. Nicole lo respetaba, no por su investidura religiosa, sino porque lo creía un hombre honesto y útil.

—Adelante, —dijo el sacerdote cuando la vio venir por el pasillo. —¿Cómo estás, hija?

—Bien, padre, gracias.

—Te llamé porque quiero asegurarme de que estoy haciendo lo correcto.

—Hizo bien en llamarme, padre. En esta ocasión quiero ser más cautelosa. He pensado que sería mucho mejor que Lupe no hablara con nadie. De afuera, quiero decir.

—Yo también lo creo, hija. Recibí la visita de un agente del servicio de inmigración. Quieren deportar particularmente a Guadalupe, y pienso que atrás de la denuncia está Thompson. Tienes que ayudarme a arreglar eso cuanto antes.

Nicole salió de la oficina del director en dirección al pabellón para mujeres. No le preocupaba la noticia del sacerdote; el status migratorio de Guadalupe era un asunto más que debía pelear y, en todo caso, de problemas migratorios era de lo que más entendía. Una religiosa la llevó hasta una salita donde esperó unos minutos a Guadalupe Maza. Ahí el mobiliario era sobrio y humilde: sillones de vinil, pisos muy limpios que olían a desinfectante y paredes cubiertas con imágenes religiosas.

En uno de los muros una sólida repisa sostenía varias veladoras encendidas ante un cuadro enorme del Sagrado Corazón de Jesús. De ese mismo tamaño era el que tenía la abuela de Nicole en su cuarto, pero aquél, adornado con un marco de madera labrada de tres pulgadas de ancho, descansaba sobre una mesa donde abundaban, además de las veladoras, los milagritos de latón prendidos al mantel con alfileres. Para Nicole los altares caseros, las veladoras encendidas día y noche, los rosarios y las imágenes de sufrimiento estuvieron ligados durante su niñez y adolescencia a la vergüenza de ser pobre. Sin embargo ahora, a fuerza de visitar el Refugio y encontrarse con el Corazón de Jesús, eso lo veía con ojos diferentes. Hasta creía entender la causa del fervor de su madre y su abuela por esas imágenes dolientes.

De pie, en el centro de la salita, pacientemente esperaba Guadalupe que Nicole terminara de contemplar la imagen. Era una tímida muchacha mazahua de diecinueve años, nacida en la colonia Revolución Mexicana, lugar donde desde hacía medio siglo se asentaban los mazahuas que venían del Estado de México. Lupe entendía la lengua de sus padres, pero su lengua dominante era el español, cargado de giros localistas, aún más de los vocablos en náhuatl que escuchaba en su casa. Guadalupe hablaba el español que aprendió en los juegos con otros niños mazahuas en las calles de su barrio; el que leyó en el texto gratuito de la escuela primaria durante los tres años que asistió; el que escuchó a los transeúntes en las banquetas del centro de la ciudad, donde vendió chocolates americanos con su madre y sus hermanos menores; el que descubrió al lado de las obreras, en la banda sin fin de la General Motors, amarrando arneses; el español que se hablaba en la casa de la señora Thompson quien, a fuerza de emplear mexicanas a su servicio, se expresaba con frases suficientemente claras para comunicarse con ellas.

Guadalupe Maza llevaba vestido de pechera azul claro y blusa blanca; suéter negro, medias gruesas y zapatos negros con suela de goma. Era el uniforme de las internas, las niñas y jóvenes que recogían en la calle. Pero Guadalupe no sólo vestía como las religiosas, sino que también tenía el semblante de ellas. Sus ojos oscuros, la boca amplia, la sonrisa tras la cual mostraba unos dientes muy blancos, muy grandes: todo su redondo rostro moreno hablaba de tranquilidad. Nada indicaba que ella hubiera llegado ahí por la intervención del enfermero que la atendió después del asalto, el que llamó al reverendo Kenton para pedirle que pasara a recoger a una jovencita indocumentada al hospital del condado. Parecía lo contrario, que Guadalupe voluntariamente había llegado a formar parte de la congregación y que Nicole era únicamente una visita amistosa.

Nicole le estrechó la mano y la invitó a conversar. Luego, con un español permeado por vocablos y pronunciación inglesa —el que aprendió de su madre y su abuela y que más tarde, durante sus primeros años de escuela, fue obligada a sepultar en el fondo de la conciencia— la interrogó.

Guadalupe Maza respondió con frases de claro acento juarense, que la madrugada del asalto Dick se presentó en su cuarto semidesnudo, descalzo y con una pistola que le puso en la frente para intimidarla. Contó que en lugar de ceder a las peticiones del muchacho oró en voz alta, que eso lo desconcertó como si la plegaria lo hubiera tomado por sorpresa y hasta conseguido asustarlo. Luego, dijo, salió de la cama para forcejear con Dick. En represalia, Dick no cesó de amenazarla de muerte y de disparar el arma al aire, sin conseguir que la muchacha mazahua se le entregara. Estaba en shock —después confirmaría el médico que la atendió en el hospital—, sólo así se explicaba que se hubiera defendido tanto sin temor a ser asesinada. Guadalupe hizo una pausa en su relato para beber agua en el bebedero del pasillo y así tomarse unos segundos más para pensar cómo se lo diría a Nicole. No estaba interesada en seguir el caso. La noche del asalto había quedado atrás para ella, ahora sólo deseaba pertenecer a la congregación religiosa. Sentía que algo se le acomodaba dentro, que había encontrado su lugar en la vida. A pesar de que las labores de limpieza se intensificaron para ella, se sentía conforme; la vida era mucho más amable en este lugar, y no alcanzaba a comprender por qué para Nicole era tan importante seguir con su defensa, cuando ella creía que de no haber pasado por esa violenta experiencia no

Rosario Sanmiguel

hubiera llegado al Refugio. Guadalupe se sentía compensada. Nicole en cambio, estaba dispuesta a echar mano de todos sus recursos con tal de ganar el caso. Ni Guadalupe era una indígena desamparada, ni ella una chicana indefensa. Las dos eran mujeres sin privilegios acostumbradas a la lucha diaria; hijas de trabajadores migrantes. Ahora ella sabía cómo hacer valer sus derechos y los de Guadalupe.

Sentada frente a ella, Nicole la interrogó refiriéndose a su estancia en el Refugio. De nuevo abordó el tema del asalto. Guadalupe Maza hablaba bajito, a pausas, con la mirada huidiza. Era una muchacha muy tímida que además estaba avergonzada.

—Quería decirle que lo que le dije es todo lo que me acuerdo.

Guadalupe Maza descansaba sus manos sobre el regazo, una encima de otra. Sus ojos negros estaban muy atentos a la reacción de Nicole.

—No se enoje conmigo, —agregó—, pero ya no quiero seguir el pleito. Yo estoy contenta con estar aquí y así me quiero quedar. —Nicole creía entender sus razones, pero no estaba dispuesta a permitir que Guadalupe claudicara así nomás—. Si no luchamos para que castiguen a Dick Thompson, siempre se agredirá a los débiles. Defendiéndote a ti es como si defendiera a otras mujeres que han sido violadas, por eso te pido que me ayudes. No lo hagas únicamente por ti, hazlo por las demás, —explicó enfáticamente Nicole.

Guadalupe escuchó sin entender claramente las razones de Nicole. Pensaba que había mucha soberbia en ella si se creía capaz de modificar el mundo; algo fuera del alcance de un ser humano. Para ella el bien y el mal luchaban de otra manera, en planos alejados a la voluntad humana. Guadalupe la miró mientras pensaba la respuesta. Frente a ella vio a una mujer animada también por la ingenuidad y la buena voluntad.

—Usted es una mujer con fe, respondió finalmente con su voz pausada. —Nomás por eso la voy a ayudar.

—Es al contrario, Guadalupe. Yo no tengo fe, pero creo en lo que podemos hacer tú y yo juntas. Necesito que me entiendas.

—No entiendo de leyes, pero sé que no son cosa buena, dijo con su mirada oscura puesta en la verdosa mirada de Nicole.

—Esta vez será diferente, te lo aseguro. Pero hay mucho por hacer. Tenemos que arreglar tu estancia legal en este país mientras dura el caso, después ya veremos qué podemos hacer para que ingreses a la congregación, aquí o allá, si eso es lo que quieres. Por ahora sigue contándome. Por favor dime qué más ocurrió.

La joven mazahua le relató cómo había logrado herir a Dick Thompson con un angelito de bronce que su patrona exponía sobre una mesita de café. Guadalupe le había propinado un golpe en el esternón con tanta fuerza, que además de sonar seco al chocar con el hueso lo había obligado a encorvarse y ceder por unos segundos. Sólo que después, Dick Thompson se recuperó con más odio y le asestó un golpe en la sien con la cacha del arma. Según Guadalupe Maza, después de recibir el impacto vio estrellitas, pero entre oraciones y esfuerzos logró mantenerse en pie.

Nicole se despidió de Guadalupe convencida de que ganaría el caso. Habló con el reverendo Kenton y acordaron cómo procederían cuando regresaran los de la oficina de inmigración. Antes de dejar el edificio decidió entrar en la iglesia. Sentía un interés muy vivo en el caso de Guadalupe Maza, pero no quería ser condescendiente, en todo momento buscaba ser racional, sólo que en esta ocasión no lo estaba logrando. Debía ser el embarazo que la ponía sensible, dispuesta a hacer cosas —sentarse en la banca de una iglesia— que en otro momento no haría. Tal vez Guadalupe

Rosario Sanmiguel

Maza representaba ese símbolo que debía conservar intacto en su conciencia; o defenderla era la persecución de un ideal de justicia; o era su propio dolor, su vergüenza y su rabia que encontraban venganza al confrontar a Guadalupe Maza con Dick Thompson.

Abandonarse a la soledad de la iglesia le hacía bien, era tan pacificador que lamentó no haberlo hecho antes. De su boca salió un Padre Nuestro en un susurro. Más tarde, cuando abrió el portón de la iglesia, Nicole encontró los escalones vacíos. A la distancia vio los vagones del Southern Pacific avanzar lentamente acomodándose en las vías. Arriba el sol viajaba hacia el poniente. Al otro lado del río, la vasta y agitada ciudad de Guadalupe Maza se recortaba contra el azul plomizo del cielo.

IV. Vientos del sur

El abuelo de Arturo se había afincado en Sunset Heights en 1911. Un barrio de mansiones construidas con reminiscencias sureñas en lo alto de una colina, desde la cual podía ver el agitado y polvoriento pueblo del otro lado del río: Paso del Norte vivía, como el resto de México, las vicisitudes del movimiento armado.

Don Manuel Alcántar veía llegar con disgusto las primeras hordas de campesinos que huían del hambre y la balacera. Los inmigrantes se sometían a una humillante inspección sanitaria a cargo de las autoridades norteamericanas, tan pronto como cruzaban el endeble puente de madera —Santa Fe— tendido sobre el río. Después se integraban a las cuadrillas de negros y mexicanos que construían la ruta del ferrocarril Southern Pacific.

Este chihuahuense que se había mudado al norte del Bravo para proteger familia y fortuna de los vaivenes del movimiento armado, desdeñaba todo lo que le rodeaba. Vivía obsesionado con el recuerdo del mundo que había dejado atrás: Chihuahua, la adormilada ciudad donde había nacido y acrecentado la fortuna familiar.

Echaba de menos el Paseo Bolívar, los paseos veraniegos bajo la bóveda verde que formaba el ramaje entretejido de las altas copas de los álamos. También las animadas noches de verbena en el Parque Lerdo. Extrañaba la Plaza Hidalgo, donde le gustaba lustrarse los botines después de atender sus asuntos en el Palacio de Gobierno. Pero lo que más falta le hacía era el recorrido dominical acompañado de su esposa, que murió tan pronto como se mudaron a El Paso. Primero, misa de once en Catedral. Ahí se encontraba la alta sociedad chihuahuense que acudía al servicio religioso vestida con sus mejores galas. Afuera los cocheros esperaban en las calesas tiradas por hermosos caballos elegantemente enjaezados con mantillas y morriones. Después de misa, el paseo que iba de la Plaza de Armas a la Plaza Hidalgo, y al retorno, sobre la calle Libertad, el aperitivo en el gran salón del Hotel Palacio.

Entre estos recuerdos pasó los últimos años de su vida. Una mañana de abril, a don Manuel Alcántar lo despertó un mal sueño. Daba un paseo a caballo por un lugar de la sierra que conocía desde niño, cruzaba un arroyo pedregoso y seguía la falda del cerro hasta entrar en un cañón. De pronto, sentía que un gato montés brincaba desde los altos peñascos. Lo veía descender lentamente, al tiempo que él, asustado, le clavaba las espuelas al tordillo que montaba. El animal empezaba a correr, pero el felino seguía descendiendo en dirección a él, mostrándole la potencia de los colmillos, el filo de sus garras crispadas. Don Manuel abrió los ojos asustado. Eran las 4:15, cuarenta y cinco minutos antes de la hora en que habitualmente despertaba. Se levantó y llamó a gritos a la criada. Mientras ésta le proporcionaba ropa limpia y le preparaba café con leche, don Manuel se aseó y aliñó su poblada barba cana. Una vez vestido cruzó el largo pasillo para ir a su oficina, al otro extremo de la casa, donde por varias horas hizo sus cálculos acostumbrados. Se disponía a invertir una buena cantidad en bienes raíces. La concentración que tales cálculos reclamaban no le impedía, cada vez que la criada entraba a servirle más café, manosearla. Le apretaba la parte alta de los muslos, las nalgas y los pechos; nada más. Sonreía complacido. A la joven el viejo le causaba repugnancia, pero sabía que a pesar de toda su lascivia, sus fuerzas no lo llevarían más lejos. Mientras él la tocaba ella miraba en cualquier dirección y esperaba. Tan pronto como don Manuel la soltaba se acomodaba el mandil y salía mascullando maldiciones.

A las ocho de la mañana don Manuel salió de su casa. El chofer lo llevó en su flamante Ford hasta el banco. Ahí lo esperaba el gerente, un pelirrojo pulcro y rubicundo que le llevaba las cuentas bancarias con tanto celo como si fueran de su propiedad. Hablaron durante treinta minutos, luego don Manuel empujó la pesada puerta del banco y salió plenamente convencido de la eficiencia norteamericana en materia financiera. Cruzó dos calles en escuadra, la Mesa y la Mills. A las nueve tenía un desayuno de negocios con su nuevo socio, un judío recién llegado de Chicago. Tomó su leontina de oro y le echó un vistazo al Hamilton: aún tenía diez minutos. Don Manuel Alcántar, sin sospechar que eran los últimos de su existencia, puso pie sobre la animada Plaza San Jacinto con plena confianza en el éxito de sus negocios. Ni el mal sueño de esa madrugada lo hizo dudar un segundo. A su paso, las palomas que bajaban a picotear las cáscaras de cacahuate que unos niños arrojaban al suelo, saltaban de un lado a otro. Don Manuel empuñaba un bastón con manguillo pulido para ayudarse a caminar y abrirse paso entre las aves.

A esa hora de la mañana la plaza era muy transitada. Los mexicanos recién llegados, sin otra cosa que hacer se reunían ahí. Algunos relataban las innumerables hazañas que protagonizaba Villa, otros se lamentaban de las hambres sufridas y sus peripecias para llegar hasta el norte. Todos, mientras hablaban, miraban alertas los movimientos perezosos de los lagartos en el estanque artificial que se extendía en el centro de la plaza.

Don Manuel iba de camino al Hotel Paso del Norte, del otro lado de la plaza. Ahí se hospedaban los terratenientes de Chihuahua. Era el centro de reunión de políticos, revolucionarios y periodistas. Todo el mundo se podía encontrar en sus salones en aquellos años turbulentos. Pero esa mañana don Manuel faltaría a la cita. A escasos pasos de distancia del estanque sintió un intenso dolor en el pecho que lo obligó a soltar el bastón y encorvarse. Así estuvo unos segundos ante los ojos sorprendidos de la plebe, luego pudo ver —un instante antes de caer fulminado— a uno de aquellos lagartos: el animal abría su enorme hocico y le mostraba las hileras de dientes puntiagudos.

Dejaba una cuantiosa fortuna en propiedades y dinero en efectivo a su único hijo, Manuel Arturo. Éste, años más tarde egresaría de la Universidad de Chicago comprometido con una norteamericana que, después de contraer matrimonio con él, lo obligaría a vender la casona de la calle Porfirio Díaz y a construir otra más amplia: una mansión tipo español de tres pisos, fachada blanca y tejas rojas, en la esquina de Luna y Copper, frente a Memorial Park.

Sin embargo, la norteamericana no vivió mucho tiempo en su nueva casa. La vida de Manuel Arturo, su devoción a los negocios y a otras mujeres, además del ambiente pueblerino de El Paso, fueron las circunstancias que terminaron por hartarla. Así, una mañana, Manuel Arturo la vio partir a su añorado Chicago. Ya soltero y dueño de una fortuna propia se dedicó en cuerpo y alma a sus dos pasiones: los negocios y las mujeres, en ese orden. Intereses que Manuel Arturo supo conciliar, pues el segundo no agotaba las ganancias del primero, ni éste impedía el gusto por lo otro. Fue años más tarde, cuando Manuel Arturo ya era un hombre mayor, que contrajo segundas nupcias con una prima lejana y pobre que conoció en un viaje de negocios a Chihuahua. Ella, en el año cincuenta, le dio su único hijo legítimo: Arturo.

Muy poco, además del apellido, quedaba en Arturo de don Manuel, su abuelo. Si acaso una cierta manera de mirar que le otorgaba a su rostro un aire despectivo y cauteloso; por lo demás, Arturo era impulsivo y melancólico. La sagacidad que le faltaba para emprender grandes negocios la sustituía con disciplina y trabajo. Habría sido un brillante académico o un profesionista notable si hubiera tenido la fuerza suficiente para oponerse a la voluntad de su padre, quien convencido de que su hijo no necesitaba asistir a una universidad de prestigio para administrar la exigua parte de la fortuna familiar que pensaba heredarle, lo obligó a asistir a la universidad de la ciudad y le impuso además, la carrera que debía estudiar. Manuel Arturo veía la docilidad de su hijo como un signo de inferioridad. Nunca lo consideró un Alcántar. En silencio renegó de él, de su naturaleza apacible, de su suavidad.

Rodeado por los objetos que habían pertenecido a su abuelo, Arturo creció admirándolo, idealizando la figura de un hombre que existía a través de fotos amarillentas (donde posaba acompañado de políticos y militares que luego la historia llamaría traidores), y objetos diversos cuidadosamente conservados. Pero la relación de Arturo con su padre era fría y distante, pues desde niño había sentido su rechazo. En la noche, cuando el padre llegaba haciendo crujir el machimbrado de encino con la fuerza de sus pasos, Arturo fingía dormir para que al padre no se le ocurriera llamarlo y pedirle cuenta de sus actividades. Manuel Arturo quería oír historias que le mostraran que Arturito era agresivo, travieso: todo un hombre. No la persona taciturna que siempre sería, que miraría el acontecer de la vida sin involucrarse demasiado. Desde su cuarto el niño oía a su padre dar órdenes a los sirvientes con voz atronadora. Órdenes a unos y órdenes a otros.

Como su padre, Arturo creció en una zona exclusiva de la ciudad. Durante los años de aprendizaje básico y de *high school* asistió a colegios privados católicos donde los estudiantes eran anglosajones. Los que no, eran al igual que él, mexicanos descendientes de las clases privilegiadas. Su lengua materna era el español, pero la mayor parte de las veces se comunicaba en inglés. Expresaba mejor sus emociones en esta lengua, ya fuera por lo flexible que le resultaba o simplemente, porque relacionaba la experiencia emocional con la experiencia inmediata y concreta en el mundo anglosajón. Sus años universitarios le dieron un título que no apreciaba porque fue un tiempo que él vivió en el limbo. Era la década de los setenta, los chicanos se organizaban en agrupaciones políticas y los mexicanos en la asociación de estudiantes extranjeros. Él no cabía en ninguna de los dos. Arturo se creía mexicano sin serlo en su totalidad: había nacido y se había criado en Estados Unidos. Eso no significaba que comprendiera la manera de percibir el mundo de los chicanos, ni compartiera su sentimiento de amor-odio hacia la sociedad colonizadora en la que vivían. Nunca se había sentido discriminado y menos explotado. Para él esas eran las experiencias de los otros. Tampoco se identificaba plenamente con los mexicanos, ni ricos ni pobres. Nada tenía él en común con los hijos de los trabajadores agrícolas que llegaban al país —incesantemente— muertos de hambre. Entre él y esos mexicanos había diferencias insalvables. Los otros, los privilegiados que llegaban a estudiar a la universidad, tampoco tenían mucho en común con él, salvo un nombre hispano. Arturo vivía en una frontera existencial. A un paso de pertenecer, pero al mismo tiempo separado por una línea trazada por la historia.

A los veintiún años Arturo obtuvo su título de contador público, cargado de resentimiento hacia su padre. Era inteligente y trabajador, de manera que aún sin necesitarla había ganado una beca. Fue una manera de rebelarse, de demostrarle a su padre que no lo necesitaba, de no aceptar su dinero y responder a sus imposiciones con guante blanco. Desplantes de juventud, de niño rico. Por su parte, el padre ni se enteraba de las acciones de su hijo; ordenaba a su administrador que depositara dinero en la cuenta bancaria de Arturo y no le interesaba saber cómo lo gastaba.

Movido por la ridícula idea de lo que creía su deber como hijo, Arturo se presentó a trabajar en uno de los negocios de la familia, una importante tienda de maquinaria agrícola que exportaba fuertes cantidades en mercancías a México. Creyó —equivocadamente— que eso le agradaría a su padre y que al estar más cerca de él cultivaría su cariño. Con el paso de los días Arturo lo único que consiguió fue que su padre se convenciera de lo diferente que eran el uno del otro, que confirmara la triste opinión que tenía de él, y que lo relegara al nivel de simple empleado. Al cabo de tres años Arturo abandonó el negocio y se dedicó sólo a frecuentar los cafés de la ciudad. No pensaba en su futuro. Tenía veinticinco años y la convicción de que forzar los acontecimientos sólo propiciaba el infortunio. Confiaba en que le llegaría su tiempo. Estudiaba mapas antiguos. Poseía conocimientos sobre las diferentes maneras en que había sido concebido el globo terráqueo a través de los siglos. Su interés era únicamente de escritorio, pues nunca, a pesar de contar con los recursos y el tiempo para hacerlo, se entusiasmó con la idea de hacer un viaje por el mundo. Se sentía satisfecho con leer sus libros. Por las tardes Arturo se sentaba en el viejo escritorio de encino donde don Manuel Alcántar calculaba sus ganancias monetarias; cuando no leía revisaba su nutrida correspondencia con librerías especializadas hasta el momento de perder la luz natural, luego abandonaba su estudio y bajaba al comedor a leer el periódico mientras el ama de llaves le servía la cena.

Una tarde que su padre visitaba la bodega acompañado del administrador, un montacargas que movía una paleta cargada de llantas de tractor lo embistió por accidente. Las llantas le cayeron encima y provocaron su muerte instantáneamente. Manuel Arturo Alcántar le dejó por herencia la casa donde vivían y el negocio de la maquinaria. La mayor parte de su fortuna fue repartida entre la amante de sus últimos años, los tres hijos fuera del matrimonio que tuvo con diferentes mujeres, y algunos parientes lejanos que Arturo nunca conoció. La decisión de su padre sólo confirmaba el desprecio que había sentido toda la vida por él.

El rencor acumulado en el corazón de Arturo, a lo largo de casi treinta años, hacia la autoritaria y distante figura paterna, se desvaneció con cada una de las paladas de tierra que cayeron sobre el ataúd. Liberado de esa presencia tiránica, Arturo confinó al olvido a su padre y tomó las riendas del negocio con decisión, como si siempre hubiera dirigido la empresa. Daba a sus días otro sentido. Arturo no conocía mayores ambiciones; vivía la vida tranquila, rutinariamente. Hubiera podido vender el negocio o dejarlo en manos del administrador, pero ya no había razón alguna para alterar el curso natural de sus días.

V. Nicole y Arturo

Bajo el domo los pálidos rayos del sol bañaban la cabeza de Nicole. Esa tarde estaba conforme. Bebía gustosa el agua fresca del vaso. Por primera vez se sintió voluminosa; aún no le crecía el vientre pero ya se sentía gruesa y satisfecha. Con la mirada se revisó los pechos, que deseó duros y plenos de leche. En seis meses nacería Gabriela y a Nicole, en el primer momento, tenerla en los brazos y sentir su vulnerabilidad le causaría una honda tristeza. Vería con dolor su indefensión, pero el simple acto de amamantarla —el pezón en la boca ávida de la criatura, el cuerpo de la niña prendido a su cuerpo— le brindaría un sentido nuevo de pertenencia. Nunca le dijo a Arturo las emociones que había sentido con el nacimiento de su hija, hasta muchos años después, cuando Gabriela se marchaba a vivir su propia vida, lejos de la casona de Copper y Luna. Pero esa tarde Nicole tan sólo esperaba a su marido con los pies hinchados y el corazón gozoso.

Arturo llegó con ganas de continuar la conversación que había quedado inconclusa esa mañana. Conocía a Nicole y sabía que no podría disuadirla de su propósito, aunque tal vez sería posible llegar a un acuerdo. Ella, sentada en el centro del restaurante, de espalda a la entrada, no vio cuando su marido llegó; en cambio los ojos de él la encontraron tan pronto como puso pie en el restaurante. Para él era inconfundible la cabeza de cabello castaño de Nicole, muy corto en la nuca. Arturo la besó en la mejilla y se sentó muy próximo a ella; después ordenó un whiskey con hielo.

—¿Hace mucho que llegaste? Disculpa la tardanza. A última hora llegó un cliente importante y tuve que atenderlo personalmente.

—No te preocupes. Ni siquiera me di cuenta que se hacía tarde.

—¿Cómo te fue con Guadalupe?

—Creo que bien. Imagínate, Dick Thompson no creyó que la muchacha podía resultar tan fuerte, a pesar del forcejeo y el arma ella logró pedir auxilio y ser escuchada por el vecino: un niño de doce años que acudió a la casa de los Thompson para ver qué pasaba porque oyó disparos. Cuando el niño llegó a la casa se quedó a la expectativa en la reja, fue entonces que vio a Guadalupe ir hacia la calle gritando, pidiendo auxilio. De regreso a su casa encontró a su padre, que iba a buscarlo. El padre llamó a la policía que, por cierto, llegó muy a tiempo. Evidentemente, Dick no llevaba el propósito de matarla.

—Me alegra saber que no terminó en una tragedia. A Dick lo conozco desde niño; era rebelde y engreído, pero nunca lo hubiera creído capaz de una bajeza como ésta. ¿Cómo está Guadalupe?

—A ella la veo bien, tranquila, tanto que no le interesa mi ayuda. Quiere ingresar a la congregación de las hermanas que atienden el Refugio.

—Desde luego que tú la convenciste de lo contrario, —dijo Arturo mientras ojeaba el menú. En su voz había un tonillo sarcástico.

—¿Y qué querías? ¿Que por unas monjas suspendiera mi trabajo? —Respondió Nicole con la voz encendida.

En ocasiones a Arturo le era difícil comunicarse con Nicole. Se exaltaba con demasiada facilidad, sobre todo cuando se trataba de situaciones que ella interpretaba como actos racistas. Era la fibra más sensible de Nicole y lo más ajeno a la experiencia de Arturo. Él trató de calmarla, le dijo que era necesario que hablaran, pero que lo hicieran con más serenidad. Ordenaron la cena.

Nicole comió despacio. Pensaba lo que Arturo le diría enseguida. Nada agradable, seguramente. Los últimos rayos del sol entraron por los cristales del domo. Las luces estaban encendidas. Con la pálida luz artificial los ojos verdosos de Nicole se oscurecieron. La luz opalina y la música suave que tocaba el pianista influyeron en el ánimo de los dos. Nicole dejó de comer para mirar a su marido desde la placidez que empezó a sentir. Lo encontró un buen hombre, robusto y calvo, de brazos fuertes. Cuando terminaron de comer, Arturo ordenó otro whiskey y encendió un cigarrillo; lo aspiró con calma un par de veces, luego dijo:

—Thompson me llamó para pedirme que olvidáramos todo lo relacionado con Guadalupe Maza. Muy sutilmente me recordó algunos negocios que hizo con mi padre. También dijo que entendía tu preocupación por ciertas cosas pero que no era necesario seguir con este asunto. ¿Qué piensas?

—¿Tú que le dijiste? —Preguntó Nicole defensiva.

—Que en tu trabajo únicamente decidías tú. Desde luego, eso me costó un comentario burlón, que si en mi casa quien llevaba los pantalones era mi esposa. Ya sabes cómo es eso.

—Y quieres que claudique, ¿verdad?

—No exactamente. Tú puedes pasar el caso a otro abogado y estar pendiente. Según entiendo, además del susto a Guadalupe nada le pasó. Tú misma me acabas de decir que ella no está interesada en hacerle cargos a Dick. Creo que también la puedes ayudar de otra manera, por ejemplo, con lo que ella quiere hacer.

—¿Por qué me pides eso, Arturo? Siento como si en estos dos años que llevamos casados no me hubieras conocido. ¿No puedes ver que para mí este asunto va más allá de la simple persona de Guadalupe Maza? ¿Por qué te importa Thompson?

—No me importa Thompson, pero también tú trata de entenderme. Me gustaría no entrar en ningún conflicto con él, es cierto. Por otra parte me agrada pensar que tú puedes refundir a su hijo en la cárcel.

—Parece que lo odias.

—Les tengo coraje. Sí, odio la prepotencia de Thompson. También me dijo que no quería molestar al juez, pero que si era necesario lo haría y tú no conseguirías nada. Esta mañana que me habló, todo el tiempo me pareció que oía a

Rosario Sanmiguel

mi padre dándome órdenes, burlándose de mí. *You're afraid of your wife Alcántar, aren't you?*

Nicole escuchó al hombre que tenía enfrente. A medida que explicaba sus razones Arturo bajaba el tono de su voz.

—¿Qué quieres que haga? Esta mañana me diste unas razones para dejar mi trabajo, ahora tienes otras. No te entiendo.

Tampoco él sabía a ciencia cierta lo que quería. Arturo trataba de evitar un enfrentamiento con Thompson, a pesar de que todo se reduciría a una discusión. Pero se rehusaba a ser considerado por su esposa de la misma manera que lo había hecho su padre, como un hombre débil. Antes de responder pensó lo que iba a decir:

—Tú eres lo que más me importa, —dijo finalmente—. No te pido que abandones a Guadalupe porque sé que no lo harás y frente a tus ojos yo quedaría como un hombre que se amilana ante cualquiera. Eso no lo soportaría. Olvidemos a los Thompson. Mira, ni siquiera te he preguntado cómo te encontró la ginecóloga, —repuso sinceramente interesado en la salud de Nicole.

—Mi embarazo marcha bien. Respecto a lo demás, creo que no tienes razón para preocuparte. Thompson puede hacer lo que le dé la gana. Yo voy a proceder de acuerdo con lo que creo justo. Tú Arturo, ¿qué piensas hacer?

—Veo que esta situación me va a acarrear problemas con Thompson, pero créeme, estoy listo para enfrentarlo.

—Mi pregunta era también en relación a nosotros dos.

—No entiendo.

—Sí, Arturo. Tú y yo pertenecemos a mundos diferentes. Tenemos historias diferentes. Cuando nos conocimos esas diferencias resultaron atractivas, hasta seductoras. Decidimos casarnos porque creímos que entre nosotros no serían importantes, pero lo son. No puedes negarlo.

—¿Que pienso hacer? Vivir mi vida contigo, —respondió Arturo convencido.

VI. Garden Party

El viento soplaba suave. Mecía con delicadeza los tallos de las flores que Helen cultivaba laboriosamente y que de manera estratégica había sembrado al fondo del jardín, de tal forma, que cuando alguien miraba desde los ventanales de la casa se encontraba con el espectáculo que ofrecían cientos de corolas de formas y matices diversos en un ceñido tejido vegetal. Conservar vegetación tan delicada suponía no sólo mucha atención sino abundancia de abonos y agua, lo cual no dejaba de asombrar dada la aridez de la región. Pero Helen era una mujer dedicada y contaba con la ayuda de don Rito, el jardinero bueno y barrigón que cada sábado por la mañana recogía en la acera de Sacred Heart. Él segaba concentrado el césped y ejecutaba diligentemente las órdenes de la señora Helen: Un poco de fertilizante allá, algo de insecticida aquí, vitaminas mezcladas en la tierra, abrillantador a las hojas . . .

Ambos habían dedicado la Semana Santa a perfeccionar el jardín. Helen, enfundada en sus jeans, guantes de mezclilla y sombrero de paja, inspeccionaba todos los rincones, que no hubiera indicios de esas molestas plagas que empezaban a invadir las plantas apenas los días se ponían más cálidos. Rito, armado de escardillo y trasplantador, sembraba los tulipanes alrededor del grueso tronco de los sicomoros. Los querían por colores: los amarillos juntos, los rosas en un mismo sitio; sólo los blancos podían ir salpicados con los de color malva. Helen había comprado diez docenas en el invernadero, todas las que habían llegado de California. Sería difícil conservarlos con las temperaturas de la región, pero si sobrevivían al domingo frescos y erguidos bajo la fronda, se daba por satisfecha.

El escenario estaba listo para celebrar el *Easter brunch* que los Fernández ofrecían a sus amigos cada año. Ese día todo era perfecto: los jardines meticulosamente acicalados, el azul profundo del cielo, la brillantez del sol, la leve brisa del viento. Hasta los ridículos, entorpecedores y vaporosos vestidos de grandes moños con los que las madres se empeñaban en vestir a las niñas en Domingo de Pascua, acentuaban la armonía de esa vibrante y cultivada atmósfera primaveral.

Para Nicole era mejor aceptar la invitación de los Fernández que permanecer el día sola en su departamento. Estaba a punto de terminar el primer video de la jornada cuando decidió apagar la videocasetera y vestirse adecuadamente para ir a Kern Place. La alternativa era ver los otros dos videos que de antemano había preparado para ese domingo. Pero también creía conveniente socializar un poco, conocer otro aspecto de la comunidad que había escogido para desarrollar la profesión. Aún antes de entrar, mientras cruzaba el amplio porche de la casa *frontier* color marrón, vacilaba, pero ya era demasiado tarde para arrepentirse porque Helen abrió la puerta justo cuando ella estaba ahí, dubitativa y hecha una tonta.

—Adelante, qué gusto verte.

Helen la condujo a un grupo de señoras que conversaban en la terraza. El tema que las ocupaba era la enorme estrella de luces que permanecía encendida todo el año en la Montaña Franklin. Recaudar los fondos necesarios para cubrir el consumo de energía eléctrica del emblema era su preocupación en esos momentos. Una dama gruesa, de mayor edad, tocada con algo parecido a una cofia de fieltro blanco de la que se desprendía en la parte más alta un racimo de frutillas de pasta, se atrevió a opinar en contra del sentir general.

—A mí me parece, —dijo elevando las cejas—, que mantener esa estrella encendida todo el año es un desperdicio. Podríamos dedicarnos a cosas más significativas. En mis tiempos, muchachas . . .

Las demás guardaron silencio unos segundos. La edad de la señora Baker así como su antigüedad en la Junior League, obligaba a las más jóvenes a considerar el tono de sus posibles respuestas. Nicole las abandonó cuando saltaron las primeras ocurrencias; pronto dejó de escucharlas; sus palabras se perdieron en el arriate de gladiolos blancos que rodeaba la terraza.

El camino de losas la llevó al extremo más soleado del jardín, donde tres hombres hablaban acaloradamente. La saludaron con cortesía, pero enseguida los dos mayores reanudaron la conversación.

—Las medidas que se toman en Washington nos afectan localmente, por eso es importante que presentemos una protesta más enérgica. —El señor Thompson lo dijo en el tono de suficiencia en el que acostumbraba hablar. Dio un trago largo a su champaña, después sacó un pañuelo blanquísimo y secó el sudor que le humedecía la frente surcada de arrugas. Nicole advirtió el monograma azul bordado en una de las esquinas. En seguida se acercó un mesero; cargaba una bandeja repleta de copas aflautadas, en cuyos bordes jugaban los rayos del sol. Thompson cambió la copa vacía por otra helada y llena.

—¿No cree usted que sería importante formar una comisión que incluyera al cónsul mexicano? —Preguntó Asaad, comerciante de telas, propietario de una tienda muy concurrida a dos cuadras del puente. El árabe era un hombre macizo, algo mayor que Arturo. Vestía un traje de lino claro y una camisa desabotonada hasta medio pecho, que permitía ver cuán velludo era. Nicole lo miró y de golpe recordó la historia de su abuela. Sonrió.

—Bueno, en realidad la comisión podría tener un carácter más amplio, —corrigió Thompson—. Si estuviera integrada por comerciantes de ambos lados sería mejor.

Recuerde que el bloqueo también afecta a los juarenses, —agregó dirigiéndose únicamente a Asaad.

En ese momento se acercó un niño a Asaad para decirle que Mamá ya se quería retirar. Él le entregó un llavero y le dio algunas instrucciones. Nicole aprovechó la interrupción para intervenir en la plática.

—¿De qué manera? —Preguntó con marcado interés.

—El turismo norteamericano disminuye considerablemente. Mire usted, nadie quiere someterse a largas horas de espera para cruzar el puente, cuando se viene de regreso. No vale la pena.

—¿Usted piensa lo mismo? —Preguntó de nuevo Nicole, sólo que en esa ocasión se dirigió a Arturo, pero quien respondió fue Asaad.

—Claro que sí, pero el impacto económico es mayor para nosotros. Las tiendas están vacías, en menos de un mes he registrado la mayor pérdida de dinero desde que abrí la tienda. Ni las devaluaciones del peso me han afectado tanto como esta dichosa operación . . . , —comentó visiblemente molesto—. Imagino que usted pasa por lo mismo, Alcántar, —agregó.

Arturo no respondió inmediatamente. Escuchaba la risa de las muchachas en el otro extremo del jardín, en la isla que formaban los saucos florecidos alrededor de la glorieta. Se preguntaba cómo fue que se quedó envarado con estos dos aburridos. No encontraba la manera de irse. De no estar con las jóvenes hubiera preferido acompañar a los viejos, que bebían coñac y conversaban animadamente en el comedor. Seguramente hablaban del pasado, tema que siempre le resultaba interesante. Todavía se tomó unos segundos más antes de responder para sonreírle a Nicole.

—Mi situación es contraria a la suya. Las devaluaciones del peso mexicano me afectan mucho más que las acciones de la Border Patrol. La buena fortuna de mi negocio depende más directamente de la economía mexicana, —repuso con amabilidad pero sin interés. Luego trató de dirigirse a Nicole, pero Asaad le pidió una explicación más detallada sobre lo que acababa de decir.

—Sus clientes, Asaad, —intervino Thompson entrecerrando los ojos, tenía el sol de frente—, son trabajadores pobres que cruzan a pie el puente Santa Fe. Por su aspecto los detienen al llegar a las garitas de inspección de documentos. —Thompson hizo una pausa para llamar al mesero. Todos tomaron una nueva copa de champaña. Arturo, además sacó un cigarro del bolsillo de su camisa de seda y dejó la envoltura de celofán sobre la bandeja. Después de encenderlo dio una larga fumada mientras Nicole aspiraba el fuerte olor que despedía el habano. Tras soltar una espesa bocanada de humo, Arturo se dirigió a ella:

—Los agentes de inmigración por lo general son indiferentes a la dinámica de las poblaciones fronterizas y piensan, equivocadamente, que todos vienen a trabajar, a quedarse en este país. Su poco entendimiento no les permite ver que El Paso es una ciudad que vive gracias al consumo de los mexicanos, incluidos los más pobres.

—Exagera, Alcántar, —observó Thompson negando con la cabeza.

—Lo que aún no entiendo, —dijo Asaad—, es su situación en todo esto.

Para Nicole la situación de Arturo tampoco quedaba clara, por eso lo miró directamente a los ojos y le obsequió una sonrisa abierta. Lo invitaba a que continuara con su explicación.

—Mi caso es diferente porque yo exporto maquinaria agrícola a México. Como ustedes han de imaginarse mis clientes son personas de alto ingreso que cruzan en automóvil o llegan por vía aérea. Es por eso que las devaluaciones son más perniciosas para mí, que operaciones encaminadas a detener a los trabajadores ilegales. La demanda de mis mercancías se ve afectada con el alza del dólar contra el peso mexicano.

Arturo se dirigía a Nicole. Estaba aburrido, quería separarse de ellos pero no encontraba el pretexto, menos ahora que la muchacha parecía interesada en la conversación. Era importante para todos discutir la economía local. De pronto Nicole anunció que se retiraba. El sol y la champaña la amenazaban con una jaqueca. Arturo aprovechó el momento para despedirse también él y seguir a Nicole al interior de la casa. La estancia era amplia y fresca, de muros claros, decorado uno de ellos con un original de R.C. Gorman. Había un pequeño armario donde los Fernández coleccionaban valiosas piezas de cerámica nuevomexicana. Una butaca de piel. Un antiguo arcón de madera al que aún le quedaban vestigios de color verde turquesa, que Nicole hubiera querido inspeccionar por dentro. Frente a la ancha puerta de vidrio un canapé de lana blanca, donde se instalaron Nicole y Arturo.

—¿Cómo conocí a los Fernández? Ellos son condiscípulos de uno de mis maestros de la escuela de leyes. Cuando supo el tipo de trabajo que yo quería desarrollar me sugirió este lugar y me recomendó con ellos. Así fue como vine a El Paso, hace apenas seis meses.

Nicole se dejó llevar por las preguntas de Arturo, una tras otra. Le respondía afable porque encontraba natural su interés. Lo miraba —alto, corpulento, con su prematura calvicie, su manera de ladear la cabeza cuando escuchaba— y pensaba que había mucho candor en ese hombre que preguntaba todo directamente, como si ejerciera un derecho implícito en la relación que apenas empezaba a darse. La voz de Nicole, a medida que avanzaban las horas, ante la mirada atenta del hombre que tenía enseguida, adquiría una textura cibelina. Arturo por su parte, experimentaba una sensación de tranquilidad que quiso adjudicar a la quietud de la estancia.

—¿Por qué ese interés?

—Por un muchacho que amaneció muerto en la carretera, —respondió Nicole, por primera vez parca. La intensa luz vespertina que iluminaba la sala empezaba a tornarse penumbrosa.

Arturo imaginó que se trataba de algún amante. La fiesta vivía sus últimos momentos. El jardín comenzaba a quedarse solitario. La respuesta no le gustó a Arturo, aún así comentó cualquier cosa. El viento sacudió los árboles con fuerza y Arturo se sintió repentinamente decaído. Dijo:

—El día que mi padre se accidentó, yo que nunca me paraba en el negocio, por razones del azar estaba ahí. Nunca he podido olvidar su rostro de esa mañana. Muchas veces pensé en su muerte como la única manera posible de liberarme de su tiranía. Cuando lo vi tendido en el suelo, inmóvil, con la boca abierta, descubrí el tamaño de mi debilidad. Me cundió una rabia muda contra él. Tuve que retirarme. Dejé los trámites funerarios en manos de su administrador. Permanecí encerrado en casa hasta el día que lo enterré. Cuando llegué a la funeraria encontré el ataúd cerrado, pero en esos momentos yo no sentía deseos de verlo. Pasaron los días y los años y la única imagen que tengo de él es la de esa mañana; la de su muerte.

Nicole escuchó el breve relato de Arturo. La tarde, que había transcurrido lenta y perfecta, descarriló rápidamente en una noche sombría. Los invitados se fueron, los meseros recogieron y los Fernández se metieron en su recámara.

—Ese muchacho muerto, ¿quién era? —Preguntó él, pero Nicole ya no respondió.

Rosario Sanmiguel

VII. Memorial Park

Eran las ocho de la noche cuando Nicole y Arturo salieron del restaurante. La oscuridad aún no alcanzaba su densidad total. La luna, como el recorte de una uña, colgaba en lo alto del cielo. El automóvil de Nicole siguió el pesado Mercedes azul de Arturo por la ruta que él tomaba a diario, sobre la calle Montana hacia el este; en la esquina con Piedras doblaron al norte y en la Copper de nuevo tomaron hacia el este un par de cuadras más. Cuando llegaron a casa, después de meter los carros en la cochera, ella quiso dar un paseo por el parque. A esa hora de la noche era una imprudencia, se lo dijo Arturo, pero ella se apoyó en el brazo de él y caminaron por las oscuras veredas de Memorial Park. La maternidad de Nicole lo ponía nervioso; a ella más plena, más vibrante. El viento cuaresmal agitaba los árboles, revolvía la cabellera y los pensamientos de Arturo; le ponía la mirada cautelosa. El cuerpo preñado de la mujer se estremecía con el viento. En el fondo de Nicole yacía una fuerza aún no esclarecida. Caminaba entre las envolventes sombras del parque, membrana vegetal, donde ella era la semilla dormida en el centro.

Ante sus ojos vio pasar el ferrocarril, largo y rápido, en una imagen lejana que estaba ahí, a unos cuantos metros de ella. "Nicole". Oyó una voz llamándola, sumergiéndola con la palabra Nicole dentro de sí misma, dentro de ese cuerpo que cargaba otro cuerpo. Por unos instantes se vio rodeada de agua y luz. "Nicole". Volvió a oír la voz que la llamaba, que la reclamaba esa noche en el parque en una banca de cemento frente al tren que justo acababa de pasar. "Nicole", por tercera vez.

Arturo y Nicole caminaron hacia el puente de piedra. Abajo el arroyuelo avanzaba lerdo en un murmullo de ramas secas. Imágenes perdidas en la memoria de Nicole empezaron a rebelarse. Veía el rostro de un muchacho y una pick up azul. Dieciséis años. Una nieve en el Dairy Queen.

El paseo por las afueras del pueblo, los algodonales bajo la luna amarilla y redonda, la oscuridad y los primeros besos, el miedo, las manos que la buscaban, la piel ensalivada, la estrechez de la cabina.

Sentados en la cresta empedrada de la arcada, Nicole y Arturo miraban en la misma dirección. Arturo el lucerío del fondo, Nicole los ojos del muchacho, la boca mojada que la tocaba, las manos que encontraban la tibieza de la piel, el calor de junio a la orilla del algodonal, la voz que la abrazaba urgente, la bragueta abierta, la humedad, el cuerpo tenso y duro del muchacho, la tierra roturada en la honda noche, los senos dulces y suaves como higos, el principio del dolor de los amantes, la carne estremecida, el canto de la cigarra, las horas llenas de sentido.

Cruzaron el puente y siguieron el camino largo del murete de piedra. Del otro lado, los árboles ennegrecidos por los rayos sacudían su ramaje. Al fondo los esperaba una tortuga gigante. Sobre el frío caparazón encementado Nicole descansó su cuerpo. Imaginó al muchacho sin rostro. De día el lomo doblado sobre el algodonal. En la carpa, de noche, la cintura ceñida por los muslos de la joven. Los nervios de Arturo se exacerbaron. "Nicole, regresemos". El perro que tiraba a la anciana del viejo gabán pasó indiferente a ellos; su dueña emitió un sonido como gorgoteo y se perdió en la sombra nemorosa.

Entraron a la casa en silencio. En la cama Arturo la besó en un intento por recuperarla, mas Nicole se le escapaba en las fisuras de la noche, la sabía más allá del tacto y las palabras. Su único recurso en la batalla era el amor, por eso la buscó intensamente; la penetró con rabia, entró en lo más profundo para arrancarla de sí misma.

Aún de madrugada Nicole abandonó la cama. Su cuerpo iluminado por un haz de luz en la luna del armario reflejó su desnudez. Desde el otro lado del abismo sus ojos en la serena superficie del espejo encontraron a Nicole.

Rosario Sanmiguel